KB259767

책읽기의 달인,
호모 부커스 2.0

책읽기의 달인, 호모 부커스 2.0

초판 1쇄 발행 _ 2009년 10월 25일
초판 4쇄 발행 _ 2014년 8월 30일

지은이 _ 이권우 외 책읽기의 달인 24인

펴낸이 _ 노수준, 박순기
펴낸곳 _ (주)그린비출판사 · 등록번호 제313-1990-32호
주   소 _ 서울시 마포구 동교로17길 7, 4층(서교동, 은혜빌딩)
전   화 _ 702-2717 · 702-4791
팩   스 _ 703-0272

ISBN 978-89-7682-807-1 44800
　　　978-89-7682-800-2 (세트)

이 도서의 국립중앙도서관 출판시도서목록(CIP)은 e-CIP 홈페이지(http://www.nl.go.kr/ecip)
에서 이용하실 수 있습니다. (CIP제어번호 : CIP2009003157)
책값은 뒤표지에 있습니다. 잘못 만들어진 책은 서점에서 바꿔드립니다.

그린비 출판사 나를 바꾸는 책, 세상을 바꾸는 책
홈페이지 www.greenbee.co.kr
전자우편 editor@greenbee.co.kr

인 문 학
인 생 역 전
프 로 젝 트
7

책읽기의 달인,

호모 부커스 20

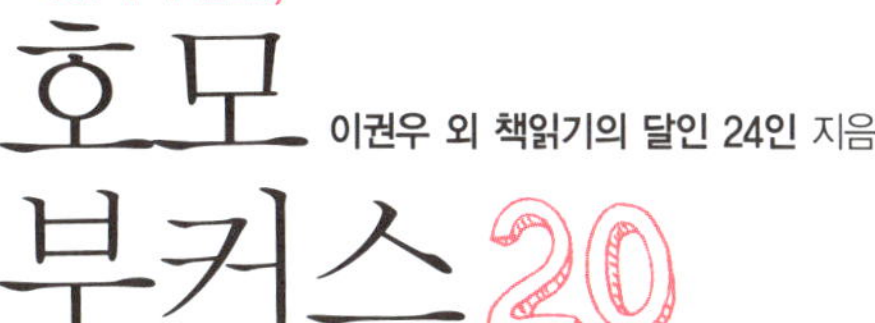

이권우 외 책읽기의 달인 24인 지음

B
그린비

'호모 부커스 2.0'을 간행하며

"독서는 결코 선택이나 취미가 아니라 필수며, 특히 고전읽기를 하지 않는다면 그 공부는 말짱 도루묵이다. 그러므로 뭔가 다르게 살고 싶다면, 가장 먼저 자신이 '호모 부커스'(책 읽는 존재)임을 환기해야 하리라."
(고미숙, 『공부의 달인, 호모 쿵푸스』, 122쪽)

『책읽기의 달인, 호모 부커스』가 세상에 선을 보인 이후 과분한 사랑을 받아 왔습니다. 으레 읽어야 한다고만 했지, 왜 그리고 어떻게 읽어야 하는지를 설득하기 어려웠는데 도움을 많이 받았다는 인사를 자주 받았습니다. 그저 고마울 따름이었습니다. 그러다 문득 든 생각이 있었습니다. 과분하다면 그 영광을 홀로 다 누릴 수는 없다는 뜻일 터, 그렇다면 이 땅의 책읽기 달인들과 함께 독서론을 주제로 한 책을 펴내면 어떨까 싶었습니다. '달인' 시리즈를 내는 그린비도 흔쾌히 제안을 받아들여 원고를 공모하고, 이 가운데 좋은 원고를 가려 뽑아 『책읽기의 달인, 호모 부커스 2.0』을 내기로 의기투합했습니다. 부족한 앞의 책을 뛰어넘어 한 단계 진화한 책이니, 당연히 2.0이라 하기로 한 것이지요.

신문과 인터넷을 통해 공고가 나가고, 원고가 모집되고, 이를 심사하며 즐겁고 행복했습니다. 먼저, 강호의 고수들을 만나게 되어 기뻤습니다. 아무리 책을 안 읽는 시대라 하지만, 어딘가 진정한 달인들이 있으리라 믿어 왔는데, 이를 확인했더랬습니다. 정말 감사했던 것은, 그러니까 돈 버는 것을 최고로 치는 세태에서 멀찌감치 떨어져 있건만, 기죽지 않고 책 읽으며 당당하게 살아온 삶을 만날 수 있었다는 점입니다. 공자가 남긴 그 말, "남이 알아 주지 않아도 성내지 아니하면 군자라" 하더니, 이들이야말로 우리 시대의 군자가 아니겠는가 싶었지요.

응모작을 읽으며 우쭐했던 마음을 접고 겸손해지는 자신을 발견하기도 했습니다. 새로우면서도 깊이 있는 독서론과 독서법을 읽으며 그동안 전문가연해 온 것이 부끄러워졌던 것이지요. 책읽기에 어찌 유일한 고수가 있겠습니까. 책으로 공고한 자신만의 빛나는 성채를 쌓은 분들이 너무 많았습니다. 잘난 척하기보다 겸손한 자세로 경청해야 한다고 마음을 다잡을 수밖에 없었던 것입니다.

마지막으로 이 일을 함께 해준 친구들이 있어 감사했습니다. 카이스트의 정재승 교수와 철학박사인 안광복 중동고 교사가 응모한 원고들을 가려 뽑는 일을 흔쾌히 맡아 주었습니다. 오로지 책 좋아하는 인연으로 만난 사이건만, 바쁜 와중에도 책동네 고수들이 벌인 향연에 참여해 그 즐거움을 같이 해주었던 겁니다. 벗들과 하는 일만큼 즐겁고 행복한 일이 또 어디 있겠습니까.

너무 자주 인용되고 있어 식상하지만, "생각한다, 그러므로 존재한다"라 말한 철학자가 있습니다. 이제 『책읽기의 달인, 호모 부커스 2.0』을 읽을 분들은 곧 확인하겠지만, 책읽기의 달인들은 "읽기에 나는 존재한다!"라 외치고 있습니다. 살아오면서 읽기의 가치를 몸소 깨달았고, 이를 생산적으로 실천하는 달인들만이 할 수 있는 말입니다. 이 책이 우리를 흥분시키고 감동케 하고 전율케 하는 힘이 바로 여기에서 비롯된다 할 수 있습니다.

정말, 책읽기의 달인들은 신종플루보다 그 전염성이 더 강한 부류입니다. 내가 읽고 깨달았거나 행복했던 책이 있다면 남에게 알리지 않고는 못 배기고, 내가 오랫동안의 시행착오 끝에 익힌 책 읽는 방법을 널리 알리지 않고는 세상 살 재미가 없다는 듯 글을 쓰니까 말입니다. 『책읽기의 달인, 호모 부커스 2.0』은, 그러니 위험한 책입니다. 경고하건대, 무척 조심해야 합니다. 책을 읽어 오지 않았던 이들이라면 이 책을 읽고 개종하여 책의 세계에 입문할 터입니다. 이토록 지극하고 그윽한, 책에 대한 찬양을 듣고 어찌 책을 읽지 않으려 하겠습니까. 책을 좋아하긴 하는데 아직 남에게 내세울 만큼 읽지 못했다 자책하는 분들에게는 이 책이 훌륭한 내비게이션이 될 터입니다. 책을 정복하는 흥미롭고 다양한 길을 친절하게 일러주니 말입니다.

『책읽기의 달인, 호모 부커스』가 나온 다음, 제목이 인상 깊다고 말한 분들이 많았습니다. 물어 오실 적마다 말씀드리기는 했으나, 이제 공식적으로 책제목이 어디서 비롯되었는지 밝혀야 할 듯합

니다. ‘호모 부커스’라는 제목은 고미숙 선생의『공부의 달인, 호모
쿵푸스』에 나온 구절에서 따왔습니다. 공부한다는 것이 무엇이던지
요. 결국 함께 책 읽고 이야기를 나누는 것 아니겠습니까. 그렇다면
책 중의 책은 무엇이던지요. 결국 시간의 담금질을 이겨 내고 여전
히 그 가치를 인정받는 고전 아니겠습니다. ‘호모 쿵푸스’는 결국‘
호모 부커스’일 수밖에 없는 법입니다. 책 제목을 정하면서 고미숙
선생한테 신세졌는데 너무 늦게 밝힌 듯해 송구스러울 따름입니다.

‘호모 부커스’는 끊임없이 진화해야 합니다. 지금은 2.0으로 내
보지만, 늘 새로운 버전으로 우리 사회의 구성원들이 책읽기의 달인
이 될 수 있도록 이끌어야 합니다. 지금 이 책을 읽을 분들에게 간곡
하게 부탁합니다. 다음 버전의 필자는 바로 당신이어야 한다는 것입
니다. 읽고 성찰하기, 그리하여 변화하고 성장하기, 그리고 글 쓰는
사람되기의 과정에 동참하셔야 한다는 뜻입니다. 책 많이 읽었다며
잘난 척하는 것은 얼마나 꼴불견이던가요. 우리 사회가 책 읽는 공
동체가 되도록 작은 힘이나마 보태야 진짜 책읽기의 달인입니다. 지
금 시작하십시오. 그리하면 당신도 호모 부커스로 거듭날 수 있을
터입니다.

2009. 10

뭇 호모 부커스를 대표해 이권우가 쓰다

차례

88만원 세대와 책읽기

이권우

우석훈과 박권일이 함께 쓴 『88만원 세대』는 책의 힘을 보여 준 대표적인 예다. 이 책이 널리 읽히면서 새로운 세대를 상징하는 말로 책 제목인 '88만원 세대'가 자리 잡았다. 안타까운 것은, 기왕이면 긍정적이고 낙관적인 의미로 쓰이는 말이 사람들 입에 오르내리면 얼마나 좋았겠는가마는, '88만원 세대'는 오늘의 청년 세대가 맞닥트린 부정적이고 암울한 현실을 반영하고 있다는 사실이다. 잘 알려졌듯, 이 말은 이러저러한 근거로 계산해 보니 20대 평균임금이 88만원 정도 나왔다는 데 기초하고 있다. 그런데 더 심각한 것은, 88만원 세대가 성장해 40대가 되더라도 경제여건상 평균소득이 갑자기 늘어날 리 없는 데다 50대에는 정기적으로 버는 돈이 없을 공산이 높다고 내다보는 점이다.

88만원 세대가 등장한 것은 결국 안정적인 일자리가 지속적으로 생기지 않는다는 데서 비롯했다. 설혹, 있더라도 제한되어 있기에 경쟁이 치열하게 벌어지고 있고, 대다수 일자리는 비정규직일 가능성이 더 크다. 흔히 청년실업이라 일컫는 현상이 좀처럼 해결되지 않는 것이다. 그렇다면 당연히 왜 이런 일이 벌어지는지에 관심이 쏠릴 수밖에 없다. 『88만원 세대』에는 다양한 분석이 나오는데, 개인적으로 가장 설득력 있다 싶은 것은 "세계적인 포디즘의 종말과 함께 도래한 포스트 포디즘의 탈 포드주의 시대의 도래" 때문이라는 지적이다. 포디즘은 대량생산 대량소비를 전제로 한다. 많이 찍어 내니 값이 싸지는데, 그러다 보니 더 많이 팔리게 되고, 긁어모은 만큼 일한 사람들에게도 더 나누어 주고, 호주머니가 두둑하다 보니 돈을 넉넉하게 쓰고 그러니 더 덩치를 키우고 더 찍어 내게 되는 선순환구조였다. 그런데 세상이 변했다. 도요타주의는 다품종 소량생산의 시대를 열었고, 포디즘을 몰락시켜 나갔다. 잘게 나누어진 시장이 요구하는 상품을 생산하려고 여러 종류를 만드는데, 상품숫자는 적게 찍어 내되 고품질로 만드는 시스템이다. 쉽게 말해, 명품이 더 많은 돈을 벌게 해주는 시대가 왔다는 뜻이다.

이 이야기를 더 길게 끌고 가지는 않으련다. 『88만원 세대』를 입에 올린 이유는 정작 다른 데 있다. 장황하게 경제현상과 청년 세대의 어려움을 말하고 있던 이 책에 갑자기 책읽기의 중요성을 강조하는 대목이 튀어 나오는데, 뜻밖에 이 문제의식을 깊이 공감하고 있지 않은 듯하다. 뭐 눈에는 뭐만 보인다고 직업병이 도진 것일 수 있으나, 이는 어찌할 도리 없는 것 아니겠는가. 눈여겨본 부분을 인용할라치면 이렇다.

지금 한국의 우파와 좌파가 공히 동의하는 한 가지 원칙은 10대들에게 '독서', 그것도 다양한 분야의 독서를 권하고 있다는 점이다. 20대를 기다리는 최악의 시나리오는 포드주의 해체의 전면화와 탈 포드주의 시대가 도래하면서, 여기에 맞춰 준비된 소위 '지식경제 1세대'가 등장하는 경우이다. 한국경제가 유신경제의 질곡을 통과할 당시만 해도, 그런 불안한 독재치하의 경제가 영광의 30년을 맞게 될 줄을 아무도 몰랐다. 그야말로 기획하지 않은 번영을 경험했던 셈인데, 대부분의 경제학자들은 한국경제의 저력의 근본동인을 높은 교육열에서 찾는다. 포드주의 체제에서는 표준화된 공부가 사회적 자본의 역할을 할 수 있었다. 탈 포드주의 시대에 이런 역할을 하는 것은 사회가 시켜 주는 표준화된 공부가 아니라 개별적으로 찾아가는 독서인 셈이다. 그리고 지금의 기성세대가 10대에게 다양하고 수준 높은 독서를 강조하는 것은 10년간의 경험 속에서 이런 새로운 경쟁 체제에서의 '사회적 자본'이 무엇인지 조금 이해하게 되었기 때문이다.(141~142쪽)

정치현안을 색깔론으로 덧칠하는 일에 신물 나는데, 책읽기마저 좌파, 우파 운운한 것은 적절해 보이지 않는다. 사회 전체가 독서의 가치를 다음 세대에 힘주어 강조하고 있다, 라고 말하는 것이 맞을 성싶다. 그러나 이런 사소한 시빗거리로 인용한 대목의 가치를 깎아내리려는 것은 결코 아니다. 오히려 경제학자의 시선으로 책읽기의 새로운 가치를 지적했다는 점에서 상당히 높이 평가하고 있다.

오늘 우리는 이른바 지식경제의 시대를 살고 있다. 간략하게 말하자면, 창의력과 상상력이 더 많은 부가가치를 남기는 시대다. 그렇다면 변화한 환경에 걸맞은 교육시스템을 고민할 수밖에 없고, 그러다 보니 이구동성으로 책읽기를 강조하는 것 아니냐는 이야기다.

물론, 현실을 볼라치면 암담하다. 우열반 편성, 0교시 부활, 일제고사 실시, 대입 자율화 같은 조치를 보건대, 우리 교육현실은 심각하게 후퇴하고 있다. 누군가 문제를 내고 거기에 맞춰 답을 골라 내는 시험을, 무조건 나쁘고 열등하고 효과 없다 할 수는 없다. 그러나 그것만으로 한 사람의 교양과 지식의 수준을 재고, 이를 바탕으로 대학에 들어갈 자격을 차등적으로 준다는 것은 결코 긍정적일 수 없다. 우리 경제상황으로 보건대, 이런 교육은 1970년대에나 주효했다 할 수 있다. 외국에서 자본과 기술을 들여오는 마당에 창의력과 상상력은 필요하지 않았다. 기계를 돌리고 물건을 만들어 내는 시스템을 정확히 이해하고 이를 서둘러 실행하는 능력만 있으면 됐다. "표준화된 공부가 사회적 자본의 역할을 할 수 있었다"는 구절은 바로 이를 뜻한다. 더 중요하고 더 가치 있는 일은 극소수 엘리트가 해내면 되었다. 중고등학교를 서열화하고, 대학마저 등급을 매겨 인재랍시고 키워 냈던 이유이기도 하다.

문제는 오늘이다. 지금도 과연 그런 식으로 교육해도 국가경쟁력을 높일 수 있을까. 이미 말한 대로 상상력과 창의력에서 더 큰 가치가 발생하는 경제체제에서 '표준화된 공부'가 효과를 나타낼 수 있을까. 긴 말 필요 없다. 만약 과거의 신화에 발목 잡혀 강의식, 암

기식, 선다형시험 위주의 공부를 강요한다면 무한경쟁시대에 우리
는 낙오할 가능성이 크다. 그래서 젊은 세대들에게 책읽기를 부쩍
강조해 왔던 것이다. 왕성한 지적 호기심을 바탕으로 스스로 문제를
제기하고, 이를 풀어 가려고 다양한 분야의 책을 읽고, 여기서 얻은
정보를 체계적으로 정리해 해결책을 제시하도록 이끌어야 한다. 실
로 이럴 때야말로 변화된 시대에 걸맞은 생산성과 효율성을 얻을 수
있다. "새로운 경쟁체제에서의 '사회적 자본'이 무엇인지 조금 이해
하게 되었"다는 것은 이를 뜻하는 것이라 할 수 있다.

　『88만원 세대』가 변화된 경제체제의 실체를 드러내고 나서 독
서의 중요성을 말했다는 것은 상징하는 바가 크다. 서둘러 말하자
면, 88만원 세대에서 탈출하려면 책을 읽어야 한다는 말이기도 해
서 그러하다. 만약 청년 세대들이 현재 느끼는 압박 때문에 토플책
과 수험준비서, 그리고 처세술 책만 읽는다면, 역설적이게도 88만
원의 늪에서 벗어나기 어려울 터다. 그러나 장기적인 전망을 품고
새로운 경제현실이 요구하는 지식과 교양을 충실히 쌓아 나간다면,
그 늪을 시뿐하게 긴니띨 가능성이 있다. 이런 전망을 지은이들은
386세대의 성공에서 입증해 낸다. 이 세대는 "정치적 고위직은 물
론 각 경제조직에서도 의사결정자의 자리에 대단히 빠른 시일 내에
도달할 것"으로 기대된다. 기실, 386세대의 성공은 예외적인 면이
있다. 베이비 붐 세대의 일원이라 자기들끼리 치열한 경쟁을 할 수
밖에 없었고, 군사정권 시절을 보냈는지라 제도 차원에서 민주적인
교육을 받지 못했고, 탈 포드주의 시대의 도래라는 격변을 온몸으로

겪어야만 했다. 그럼에도 386세대는 일본의 전공투 세대와 비교해 보더라도 눈부신 성과를 거두었다. 왜일까?

> 인적 자본이라는 점에서 현재의 386세대를 다른 세대와 비교한다면, 해방 이후 가장 많은 독서를 했던 세대이고, 현재도 가장 많은 독서를 하고 있기 때문에 포디즘 이후 변화하는 경제 환경에 대해서도 이전 세대에 비하면 확실한 경쟁력을 가지고 있는 편이고, 독서할 여력이 없는 다음 세대에 비해서도 유리한 위치를 차지하고 있다. 게다가 사교육에 의한 지적 소화력 상실의 집단 경험을 가지고 있지 않은 이 세대는 포디즘 이후에 새로 생겨날 변화들에 대해 오히려 지금의 20대보다 훨씬 높은 적응능력을 가지고 있다.(178쪽)

우리 경제구조 내에서 386세대가 우월한 원인이 책읽기에 있다는 지은이들의 지적은 놀랍기까지 하다. 이 세대는 부도덕한 정권이 국민의 지지를 얻기 위한 목적으로 펼친 교육정책의 수혜자다. 사교육을 전면으로 금지했고, 본고사를 폐지했다. 남의 힘을 빌려 문제를 해결하는 방식에서 벗어나 스스로 사유하고 문제를 풀어 나가는 경험을 하게 된 것이다. 더욱이 교과서와 참고서에서 벗어나 여러 분야의 책을 읽으며 청소년 시절을 보낼 수 있게 되었다. 더불어 이들은 대학에 들어가면서 더 많은 책을 읽었다. 독재정권에 맞서 싸우기 위한 논리와 더 나은 세계를 꿈꾸기 위한 상상을 책에서 갈구했던 것이다.

영화 제목으로도 쓰였는데, '인디언 서머'라는 말이 있다. 막 추워지기 시작한 늦가을에 2~3주 갑자기 따뜻한 날씨가 이어지는 것을 이르는 말이다. 우리 교육사에서 386세대는 인디언 서머의 시기를 보낸 셈이다. 입시에 대한 압박감에서 벗어나 자유로운 독서가 가능했다. 놀라운 것은, 이런 경험이 386세대를 경쟁력 강한 집단으로 키워 냈다는 점이다. 더욱이 대량생산 대량소비 시대에서 다품종 소량생산 시대로 넘어오는 시기에 진가를 발휘하게 되었고, 그 결과 나라의 중추세력으로 확실히 성장하게 되었다. 책읽기가 정치적으로나 경제적으로 얼마나 큰 영향을 끼치는지 확연하게 보여 준다.

청년들을 만나 보면, 당장 효과를 거둘 수 있는 것에 집중투자하는 경우를 자주 본다. 책 안 읽는 것을 부끄러워하지 않는 데다, 외려 책 읽는 사람을 미련하고 시대에 뒤처진 양 말한다. 아마도 사회진출의 지름길이라 여겨 그러는 모양이다. 그렇지만 결과는 어떤가. 지름길이라 여겼던 것이 낭떠러지로 가는 길일 수도 있다. 물론, 개인적으로는 덫을 용케 피해 사회에 성공리에 진출하는 사람도 있다. 그렇지만, 과연 그 사람이 장기적인 관점에서도 사회생활을 잘할 수 있느냐 하는 것은 다른 문제다. 상상력과 창의력으로 무장되어 있지 않다면, 40대에 직장에서 쫓겨나는 이른바 '사오정' 신세가 아니 되라는 법이 없다.

결코 유쾌한 말은 아니지만, 이제 생존하기 위해서라도 책을 읽어야 한다. 그런데 읽는 책이 그저 재미있고 감동적이고 도움 되고 실용적이면 소용없다. 은밀히, 그러나 거대하게 변화하는 세계를 꿰

뚫어 보고, 무엇을 해야 하는지 귀띔해 주는 책을 읽어야 한다. 바른 길이 결국 지름길이다. 돌아가는 듯싶고 험해 보이더라도 그 길로 갈 적에 목표한 바에 가장 이르게 도착할 수 있다. 책을 멀리하고서는 경쟁력 있는 사람으로 성장할 수 없다. 에둘러 가는 듯싶지만 그것이 가장 빠른 길이다. 88만원 세대들이 이 말을 가슴에 새겨 두길 간절히 소망할 따름이다.

1부

手不釋卷

수불석권

손에서 책을 놓지 않는다

독서하는 소녀

책읽기는 신화적인 행위이다. 지금, 이곳과 결별하고 인류의 보편적인 꿈의 세계와 접속하도록 이끄니 말이다. 그래서 신화학자 엘리아데는 일찌감치 이렇게 말했다. "무엇보다도 현대인들은 독서를 통하여 신화가 수행하는 '시간으로부터의 탈출'에 비견될 만한 '시간으로부터의 도피'를 획득하는 데 성공하고……, 독서는 현대인을 그의 개인적 시간에서 끌어내어 다른 리듬 속으로 통합시키고, 그를 다른 '역사' 속에서 살게 만든다." 누가 감히 책을 속(俗)된 것이라 말하는가. 책은 우리를 성(聖)의 세계로 이끄는 전령이다. 그러니, 책을 읽는 행위는 기도하는 것과 같을지니, 보라, 한 명민한 화가는 책 읽는 소녀의 모습을 이토록 경건하게 그려내지 않았던가. 묵상하며 책 읽는 자, 어린아이처럼 책 읽는 자, 순결한 마음으로 책 읽는 자, 홀연히 나타난 참되고 거룩한 세계를 볼지니!

1
'15분 토막 독서', 직장인 호모 부커스의 책읽기

안광복

나의 독서습관은 아주 더럽다. 장(腸) 안 좋은 강아지가 마당을 온통 '똥밭'으로 만들듯, 나는 집 안을 온통 '책밭'으로 만들어 놓는다. 소파, 식탁, 침대, 변기, 베란다에 이르기까지, 내 집은 늘 책들로 너저분하다.

더구나 나의 책읽기는 주의력결핍 과잉행동장애(ADHD)에 가깝다. 한 자세로 15분 이상 활자를 따라가는 법이 없다. 앉아서 보다가 누워서 읽고, 배를 깔고 읽다가 몸을 뒤집어 천장을 바라보고 읽는다. 책도 계속 바뀐다. 소설을 읽다가 역사책을 보기도 하고, 수학을 따라가다가 미술책을 집어 들기도 한다. 한 시간 독서하고 나면 십 수 권의 책들이 주변에 쌓이곤 한다.

주희(朱熹)는 책읽기를 '마치 칼이 등 뒤에 있는 것처럼' 하라고 하지 않았던가. 학생이었다면 나는 잔소리를 귀에 달고 살아야 할 터다. 하지만 나는 직장인이다. 나의 칠칠한 독서습관은 '책 읽는 생활인'으로 살기 위한 노력의 결과일 뿐이다.

"너 그러다 정말 '짐승' 된다."

직장인 1년차, 이 말은 내게 전혀 농담이 아니었다. 머리와 가슴은 나날이 비어 가고 있었다. 직장생활이란 영혼을 파는 일이었다. 하루의 대부분을 일터에 바치고, 남는 시간은 다음날 노동을 위해 휴식하는 삶. 노동하는 사람의 일상은 그렇다. 더구나 직장은 '성숙한 수컷'이 되기를 요구한다. 쓸모 있는 수컷은 무리에 잘 어울릴뿐더러, 자신의 위치를 잘 파악하여 알아서 길 줄도 안다. 사랑받는 직장인이 되려면 회식과 각종 모임을 소홀히 해서도 안 되었다.

출근, 일, 퇴근, 잠, 다시 출근, 일, 야근, 회식 순으로 반복되는 일상. 짐승은 생존을 위해서 산다. 직장에 익숙해질수록, 나는 점점 성숙한 수컷, 짐승이 되는 느낌이었다.

텅 빈 머리와 냉랭한 가슴. 내가 바라던 삶이 과연 이거였을까? 회의가 물밀듯이 찾아왔다. 직장인이라면 누구나 사표를 내고 싶은 순간이 있다. 그러나 밥줄을 놓기가 어디 쉽던가. 나는 짐승이 되기는 싫었지만 '무직자'로 살아갈 자신도 없었다.

사람에게는 나무와도 같은 성장욕구가 있다. 절벽 틈 한 줌 모인 흙에 뿌리를 내리는 소나무를 보라. 도저히 자라지 못할 듯한 환경에서도 나무는 끊임없이 솟아난다. 인간도 그렇다. 아득바득한 삶일지라도, 사람들은 성장하고픈 욕구를 좀처럼 접지 못한다.

새벽 지하철에는 절벽에 뿌리내리려는 소나무들이 숱하게 있다. 졸음을 떨쳐 내며 영어회화 책을 들여다보는 양복쟁이들, 빼곡

한 사람들 틈에서 독서삼매에 빠져 있는 40~50대 가장들. 전공지식을 허겁지겁 파고 있는 엔지니어 복장의 사람들 등등. 새벽 지하철은 '직장인들의 독서실'이다.

스물일곱 살의 나도 다르지 않았다. 나에게는 하루 종일 공부만 하는 생활이 허락되지 않았다. 할 수 없는 일은 더 하고 싶은 법, 책 보고 싶은 욕망은 이내 틈새를 찾아냈다. 지하철에서 책읽기는 말라가는 영혼을 위해 내가 찾았던 최초의 해법이다.

하지만 지하철에서의 독서는 쉽지 않았다. 출근길에는 졸음과의 전쟁을 벌이느라, 퇴근길에는 끝내지 못한 업무들로 머리가 복잡해서 좀처럼 집중을 할 수 없었다. 심리학자 가와이 히야오(河合準雄)의 말 가운데에는 당시 나에게 요긴했을 법한 충고가 담겨 있다.

(여행갈 때 저는) 딱딱한 책과 가벼운 내용의 책을 가지고 가서, 기운이 있을 때는 딱딱한 책을 읽고 피곤하면 가벼운 책을 읽으려고 합니다…….(다치바나 다카시 외, 『읽기의 힘, 듣기의 힘』 중에서)

자기관리 잘하는 이들에게는 억지가 없다. 그들은 자기 마음의 결을 따라갈 줄 알기 때문이다. 밀어붙이지 말고 가슴이 원하는 대로 하라. 지하철 독서도 그렇다. 나는 책을 열 권 남짓 챙겨서 집을 나선다. 많은 책 가운데 그때그때 내가 원하는 책을 골라 읽기 위해서다. 드센 학부모 때문에 심란할 때는 심리학 책들이 잘 읽힌다. 『설득의 심리학』, 『자기표현의 심리적 기초』 같은 부류 말이다. 반면, 9·11같이 큼직한 이슈가 있을 때는 촘스키 같은 사회과학이 다가왔다. 학교생활에 짜증이 일 때는 일리히의 『학교 없는 사회』 같은 책이 좋았다. 수업 준비에 쫓길 무렵에는 플라톤 『국가』나 논리학 책들이 절절하게 읽혔다. 배고프고 피곤할 적에는 『한국인에게 밥은 무엇인가』같이 맛깔스런 역사책들을 봤다.

뭐가 오늘의 관심사가 될지 모르니 여러 권의 책을 챙길 수밖에 없다. 그래서 가방은 늘 터져나갈 듯 묵직했다. 그러던 어느 날, 나는 배낭을 메기로 '결심' 했다. 정장 슈트에 학생배낭, 어울리지 않는 조합이었지만 나름대로는 '뉴요커 스타일' 이라고 자부(?)하며 활기차게 거리를 휘저었다. 20킬로그램은 족히 되는 배낭을 지고 계단을 오르내리니 운동을 벌충하는 효과도 있을 테다.

그렇게 하루에 1시간 ─ 출근길 30분, 퇴근길 30분 ─ 은 족히 책을 볼 수 있었다. 나아가 즐거움은 관성을 부른다. 더욱더 하고 싶어진다는 뜻이다. 지하철에서 아쉽게 책장을 덮고 나면 더 읽고 싶은 욕망이 밀려들었다. 일과 중에도 책 읽을 방법이 없을까? 궁즉통(窮卽通), 궁하면 다 통하게 되어 있다. 머리를 짜 보니 독서할 짬들이 곳곳에서 튀어나왔다.

먼저 나는 점심시간 학급 자율학습 감독을 자원했다. 솔직하게 말하자면, 자율학습 감독보다는 내 스스로 '자율학습' 을 하기 위해서였다. 30분 남짓한 시간, 나는 '감독교사' 라는 감투를 쓰고 누구의 방해도 받지 않고 책을 읽곤 했다. 아이들도 학생보다 더 열심히 공부하는 선생님 앞에서 감히 떠들거나 장난칠 엄두를 내지 못했다.

자기계발과 업무수행이 어우러진 멋진 윈-윈(win-win)이었던 셈이다.

보충수업 시작하기 전에도 20~30분의 여유가 났다. 퇴근 후 변기에 앉아 읽는 20여 분의 독서도 큰 즐거움이었다. 티끌 모아 태산이라고, 책 읽을 시간은 결코 부족하지 않았다. 자투리 시간을 모으니 하루에 3시간 남짓이나 독서할 여유가 생겼으니까!

지금까지의 내 이야기가 궁상맞게 들릴지 모르겠다. 그렇지만 위대한 사상가들 중에 상당수는 '직장인 독서가'였음을 잊어서는 안 된다. 『리바이어던』으로 알려진 홉스는 귀족의 비서였다. 그는 귀족들이 파티를 벌이는 동안 대기실에서 책을 읽었다. 천재 철학자 J. S. 밀은 또 어떤가. 이이는 삶의 대부분을 동인도회사의 월급쟁이로 보냈다. 공자도 별다를 듯싶지 않다. 지금의 정치가들도 정신없는 스케줄을 소화해 내곤 한다. 중원을 떠돌던 '정치 컨설턴트'였던 그이의 삶도 마찬가지 아니었을까. 퇴계나 율곡, 정약용도 관리로 일과를 채워야 했다. 칸트도 정교수가 되기 전까지는 자잘한 '알바'들로 소중한 시간들을 보냈다.

그럼에도 이들은 어떻게 그 많은 책들을 읽었을까? 책은 시간 있다고 보게 되지 않는다. 오히려 읽고 싶은 간절함이 독서할 시간을 만들어 낸다. 피곤에 절고 시간에 쫓기는 직장인은 되레 진정한 독서가가 될 기회를 부여받은 셈이다!

어디 그뿐인가. 데카르트는 '세상이라는 큰 책'을 보기 위해 군대에 자원입대했었다. 직장인들도 매일매일 '세상이라는 큰 책'을 보고 있지 않은가? 매일매일의 생존투쟁은 활자에서보다 더 생생한 생각거리를 던져 주곤 한다. 아비가 되어 보고야 부모 심정을 안다. 거지에게 동냥하는 이는 부자가 아니다. 동전을 꺼내드는 축은 대개 망해 본 사람들이다. 다사다난한 삶의 현장은 공감할 수 있는 능력을 한껏 키운다. 명예욕, 출세욕, 성취욕, 인정욕구, 안정욕구, 휴식욕구, 애정욕구, 성공, 실패, 좌절, 후회, 모욕감, 미안함 등등, 직장생활이 아니라면 어디서 이렇듯 다양한 감정의 스펙트럼을 느껴 볼 것인가. 가슴이 타버리도록 사랑을 하는 이들은 시시한 TV 드라마도 절절하게 본다. 직장인들이 전업작가나 지식인들보다 훨씬 깊이 있게 책을 접할 수 있는 이유다.

나는 올해 14년차 직장인이 되었다. 전업으로 공부할 수 있었던 시기는 취업 전 2년 남짓의 대학원 시절뿐이었다. 결과로 볼 때, 나는 공부만 하던 시절보다 직장을 다니면서 더 많은 책을 읽었다. 직장인 독서가란 큰 강을 등지고 선 병사와도 같다. 이대로 세월이 흘러가면 '짐승'이 되어 버릴 듯한 불안함과 영혼을 성장시키고 싶은 열망. 둘은 집중력 있는 책읽기를 이끈다. 나 역시 그랬다. 아득바득 꾸려 갔던 하루 세 시간 독서는 내 삶을 완전하게 바꾸어 놓았으니까.

다치바나 다카시(立花隆)는 'Output : Input = 1 : 100' 이라는 유명한 공식을 내놓았다. Output, 즉 쓰기가 옹골차려면 적어도 그에 100배는 되는 자료를 읽어야 한다는 뜻이다. 이 말은 직장인 독서가들에게 또 다른 의미가 있다. 식욕 다음에는 반드시 배설욕구가 찾아들기 마련이다. 독서도 그렇다. 책을 100권 정도 읽고 나면 뭔가 말하고 싶은 욕구가 샘솟는다. 그것도 쾌변(快便)하듯 맺힌 가슴을 한번에 정교하게 내뱉고 싶어진다.

인터넷 블로거 가운데는 전문 인문학자들보다 뛰어난 글을 쓰는 직장인들이 적지 않다. 더구나 이들의 생각에는 대학의 학자들처럼 '전공'이라는 칸막이가 없다. 다양하고 폭넓은 독서로 이곳저곳을 넘나들며 자유롭게 생각을 펼친다.

말콤 글래드웰은 『아웃라이어』에서 이렇게 말한다. 어느 분야가 되었든 1만 시간을 투자하면 최고의 전문가가 될 수 있다고. 이는 하루에 세 시간씩 10년을 채워야 하는 분량이다. 하루 세 시간의 독서는 나를 필자로 자리 잡게 했다. 나는 지난 10년간 『철학, 역사를 만나다』, 『철학의 진리나무』 등 열 권 남짓의 책을 썼다. 책 판매가 10만부를 넘었으니, 이제는 교사라는 직업에 더하여 '작가'라는 타이틀을 붙여도 어색한 느낌이 없다.

나의 책읽기는 난삽하다. 이제는 책상에 조신하게 앉아서 책을 읽기가 힘들어셨다. 시끄러운 지하절이나 버스 정류장에서 되레 독서가 더 잘된다. 책읽기는 수면과도 같다. 어느 정도 뒤척인 후에야 스르르 잠에 빠져 들듯, 책을 펴고 적당히 시간이 흘러야 내용에 몰두하게 된다. 30여 분 책을 펴고 있어도 읽는 시간은 15분 남짓인 이유다. 한번 굳어진 독서습관을 바꾸기란 쉽지 않다. 앞으로도 나의 'ADHD 독서법'(?)은 고쳐질 것 같지 않다.

오늘도 나는 토막 잠을 자듯 토막 독서를 한다. 지하철에서, 화

Margaret Bourke–White, Gandhi at his Spinning Wheel, 1946.

간디와 물레

옛이야기를 보면 비단 짜는 여인들은 창조의 여신을 뜻하였다. 세오녀가 짠 비단을 보내 주어 제사 지냈더니 신라의 해와 달이 빛을 되찾았다는 『삼국유사』의 이야기에서도 이를 확인할 수 있다. 물레 잣는 간디는 그러므로 여신 신화의 현대적 재현이라 할 수 있다. 그는 태고적 사람들의 꿈을 현대에 드러내고 있으니, 오늘의 고통스러운 삶을 끝내고 더 나은 세계를 창조하고자 하는 염원을 상징하고 있다. 책읽기가 마치 이러한 것이 아닐까. 책이라는 물레를 돌려 대안적 삶의 세계라는 피륙을 짜 보려는 강렬한 열망. 간디와 물레의 조합은 책 읽는 이유의 또다른 상징이다.

장실에서, 퇴근 후 반신욕을 하며, 소파 위에서 졸면서 이 책 저 책을 옮겨 다니며 읽는다. 토막 나는 독서 시간만큼이나 읽는 책들도 현란하게 바뀐다. 지난 10여 년간 나의 독서습관은 변화가 없었다.

바뀐 게 있다면 독서량이 훨씬 늘었다는 거다. 우리는 버스정류장에서 매일매일 '기적'을 목격하곤 한다. 도저히 여유가 없어 보이는 만원버스에도 꾸역꾸역 사람들이 계속 들어가지 않던가. 나에게는 책 읽는 시간이 그렇다. 필자로서 내게는 매달 마감해야 할 원고들이 있다. 30매 원고지를 읽을 만한 글로 꾸리려면 적어도 3,000쪽 이상의 독서를 해야 한다. 그렇지 않고는 생각이 제대로 맺히지 않을 테다. 의무감은 '무한독서'를 가능하게 한다. 책 읽을 틈은 빡빡한 일상의 틈새에서도 계속 튀어나왔다.

어느덧 아침 5시다. 나는 새벽 2시에 일어나 세 시간 남짓 글을 쓰곤 한다. 이제는 쓰고 있는 이 글을 끝맺어야 할 시간이다. 새벽 5시는 지하철 안에서 읽을 책을 추리는 때이기도 하다. 한 시간 남짓 다시 눈을 붙이고 나면 나는 여느 때처럼 출근길에 오를 것이다.

서가의 『돈가스의 탄생』이라는 책이 눈에 들어온다. 어제 점심에 먹은 돈가스가 맛있던 듯하다. 챙겨 넣는다. 『그라민 은행 이야기』도 꼭 가져가야겠다. 『독서평설』 원고를 쓰는 데 꼭 필요한 책이다. 게오르그 짐멜의 『돈의 철학』도 함께 보는 게 좋겠다. 전부터 꼭 읽어 보고 싶었다. 『탤런트 코드』도 끝까지 보고 싶다. 수업시간에 소개했더니 아이들이 무척 좋아한다. 잘 갈무리했다가 아예 수업자료로 만들어야겠다. 이권우 선생의 『책과 더불어 배우며 살아가다』

도 눈에 띈다. 그이를 본 지도 꽤 됐다. 보고 싶은 마음에 배낭에 집어넣는다. 읽게 될지는 잘 모르겠다.

가방 무게는 오늘도 20킬로그램이 넘어 보인다. 지각하지 않으려면 좀더 빨리 뛰어야겠다. 직장인 호모 부커스로서의 내 하루는 또 이렇게 시작되고 있다. 나는 행복하다.

책 읽는 자유에 빠져

이종환

연애를 하고 있는 사람에게 "어디가 좋아서 사귀나요?"라고 물어보면, 놀랍게도 대부분 선뜻 대답하지 못한다. 그제서야 부랴부랴 이유를 생각해 보는 사람도 있고, "그냥 모든 게 다 좋아요"라거나 "성격이 좋아서요"라고 얼버무리는 사람도 있다. 왜 사귀는지 생각해 본 적이 없으니 그럴 만도 하다. 이런 저런 생각을 하고서 살아가는 게 아니라 그저 어찌어찌하다 보니 살아가는 것. 그렇게 살아가다가 일상이 흔들리는 특별한 일을 겪고 나서야 이런 저런 이유를 끌어대며 의미부여를 하는 것이 삶인지도 모르겠다.

책에 대해서도 마찬가지다. 지금부터 나는 '내가 왜 책을 읽는지'에 대해 어떤 거창한 이유를 대며 장광설을 펼칠 수도 있다. 하지만 그건 애초에 내가 책을 접하게 된 마음이 아닐뿐더러, 훗날에 덧붙여진 의미부여에 불과할 뿐이다. 처음엔 그냥 책을 집어 들었을 것이고 그렇게 별 생각 없이 읽기 시작한 것이 어느덧 50권, 150권으로 불어난 것이리라. 특별함이 전혀 없는 일상적인 독서였을 뿐이다. 그렇다면 '책을 왜 읽는가?'에 대한 대답을 하기 전에 애초에 나는 왜 책을 읽게 되었는지, 어떤 과정들을 거쳐 지금에 이르게 되었는지에 대해 말해야 할 듯하다. 거기에 내가 책을 읽은 가장 원초적인 이유가 숨어 있을 테니까.

> 생의 길섶에는 무수한 우연들이 숨겨져 있는 법. …… 마음이 통하면 천 리도 지척이라고, 보이지 않는 인연의 선들이 작동하기 시작하면 아무리 광대한 시공간도 단숨에 주파할 수 있다는 것.(고미숙, 『나비와 전사』 중에서)

이야기를 시작하기 전에 타인의 글을 인용하는 까닭은 이 글의 내용이 나의 독서담과 밀접한 관계가 있기 때문이다. "생의 길섶에는 무수한 우연들이 숨겨져 있는 법"이라고 했듯이 나에게도 두 번의 책과의 인연(난 이걸 서연書緣이라 부른다)이 있었다. 그 인연으로 인해 난 예전과는 다른 삶을 살게 되었다. 왠지 이렇게 말하고 나니 무슨 '신앙간증회' 같은 분위기다. 그렇다면 이건 '독서간증회'라고나 할까. 과연 이 이야기가 얼마나 허무맹랑한 이야기인지, 아니면 얼마나 현실적인 이야기인지 한번 귀 기울여 들어 보자.

첫번째 서연은 내가 나락에 떨어졌을 때 찾아왔다. 그 당시 난 임용고시에서 떨어져 미래가 전혀 없었고, 2년간 잘 사귀어 오던 여자친구와도 헤어져 인생의 쓴맛을 제대로 맛보고 있었다. 역시 불행은 겹쳐서 찾아온다. '세상에 내 맘대로 되는 게 하나도 없다'는 낭

패감에 빠져 아무 의욕도 없이 지냈다. 그렇게 지내던 어느 날 내 눈에 띈 것은 책장 한쪽 구석에 있던 『한비야의 중국견문록』이라는 책이었다. 군대에 있을 때 재밌게 읽었던 기억이 있었던 책인지라, 그때의 아련한 추억들을 떠올리며 책을 집어 들었다. 그냥 훑어보겠다고 집어 든 책에 어느 순간 난 정신없이 빠져들었다. 그래서 그날 하루 종일 그 책을 다 읽었던 거다. 어찌 삶의 의욕도 없었다면서 그런 무지막지한 짓(?)을 할 수 있었을까. 그것이야말로 알 수 없는 독서의 힘이려니. 아무튼 다 읽고 나서 몇 분간 멍하니 있었다. 짜릿한 충격을 받았기 때문이다. 이미 얘기했다시피 예전에도 읽었던 책이다. 하지만 모처럼 만에 다시 읽은 그 책은 예전의 그 책이 아니었다. 완전히 다른 책이었다고 해도 과언이 아니었다. 한비야 씨의 한마디, 한마디가 그대로 나의 마음속에 와서 박혔으니까. 더불어 그녀의 진취적이며 열정적이고 도전적인, 그래서 '내 맘과 같지 않은 현실'일지라도 맞설 수 있는 용기는 나에게 커다란 귀감이 되었다. 왜 예전에 읽었을 땐 그런 느낌을 못 느꼈던 것일까. 설마 그 사이에 그런 내용이 추가된 게 아닐 테니, 이것이야말로 파랑새가 집에 있었다던 그런 황당함과 비슷한 것이리라. 역시 책이란 완전한 완성품이 아니다. 끊임없이 독자와 소통하며 가치를 생산해 내는 반완성품인 거다. 독자의 마음 상태, 지적 수준에 따라 다르게 읽혀질 수 있다는 것을 그때 비로소 체험해 볼 수 있었다. 그 책을 읽고 나서야 그동안의 나약함을 버리고 얼마간 일어설 수 있는 힘을 얻었다(역시 독서간증회가 맞다). 하지만 그건 시작이었을 뿐이다. 그걸 계기로 나는 한비야 씨의 책을 모조리 다 읽기 시작했고 거기서 더 나아가 다른 책들도 서서히 접할 수 있게 되었다. 그렇게 '보이지 않는 인연의 선들이 작동하기 시작' 하니 나는 더 이상 가만히 있을 수 없었다.

두번째 서연은 그렇게 빠져들어 여러 책을 읽던 중 찾아왔다. 한동안 그런 식으로 평판이 좋은 책들만 찾아 읽었다. 서서히 그런 류의 책들이 질려갈 즈음 전공과 관련된 책을 공부 목적이 아닌 순수한 목적으로 읽고 싶어졌다. 그 당시 난 연암에 매료되어 있던 터라 그의 대표작인 『열하일기』에 자연히 관심이 갔다. 쉽게 쓰인 책을 찾다가 발견한 책이 고미숙 씨가 쓴 『열하일기, 웃음과 역설의 유쾌한 시공간』이었다. 솔직히 이 책을 읽게 되기까진 에피소드가 있다. 제목에 나와 있는 시공간을 '詩空間'으로 오해한 데서 빚어진 일화이다. 나의 전공이 한문인지라 한시(漢詩)도 공부하는데 할 때마다 그 난해함에 혀를 내두르곤 했다. 그러던 차에 이 책을 발견한 거다. '시공간' 이란 제목을 보고서, '이 책은 『열하일기』에 나온 한시들만 모아 해석해 놓은 책인가 보네' 라고 생각하니 머리의 지끈거림이 느껴졌다. 두 말할 나위 없이 그냥 지나쳤다. 역시 '아는 게 병' 이다. 그렇게 멀어져 갔던 서연이었는데, 인터넷에 소개된 책에 대한 내용을 다시 볼 기회가 있었고 그걸 보고서야 나의 판단이 잘못된 것임을 알 수 있었다. 그 시공간은 '時空間' 이었으니까. 그런 우여곡절 끝에 읽게 된 것이었으니, 이런 서연이야말로 진정한 인연이라 할 만하다. 그렇게 어렵게 접하게 된 책은 또 한번 나에게 충격을 주었다. 난 이걸 '유쾌한 충격' 이라 표현하고 싶다. 간혹 정말 좋은 책을 발견하고 읽을 때 이런 기분이 들곤 한다. 내 삶이 전복되는 듯한 느낌이 들고 내가 지금껏 당연하다고 생각했던 것들이 허물어지는 느낌이 든다. 그건 어찌 보면 나의 한계와 치부를 여지없이 들춰내는 것이니 불쾌할 만도 하지만 실상 기분은 나쁘지 않다. 그것이야말로 아는 즐거움이며 새롭게 태어나는 흥분일 테니까. 왜 이렇게 거창하게 이야기하냐면 이 책을 통해 본격적으로 다방면의 책들을 접할 수 있게 되었고, 나의 생각도 많은 부분이 변했기 때문이다. 이 책엔 연암의 유머러스한 면과 새로운 문물에 놀람을 감추지 못하는 아이와 같은 순수한 면이 실려 있다. 그것뿐만이 아니다. 생소한 현대 철학 용어를 빌려 '변화무쌍한 현실'을 무한 긍정하고 거기에 상생·자유·연대의 철학까지 실려 있다. 그건 지금껏 내 일신의 안위만을 생각하며 한길만을 달려온 나에게 많은 혼란을 안겨 줬다. 이 책을 통해 나 자신을 전면적으로 되돌아 볼 수 있었다. 그런 깨달음은 연쇄반응을 일으켜 '수유+너머'의 다른 책들로 이어졌고 그건 다시 진중권, 한홍구, 박노자, 강신주 씨의 책들로 자연스럽게 이어졌다. 역시 '생의 길섶에는 무수한 우연들이 숨겨져 있는 법'이다.

이런 과정을 겪으며 독서하다 보니, 이제서야 내가 왜 독서를 하는지 진심으로 알게 되었다. 처음엔 멋모르고 시작했지만, 그런 작은 행동으로 나의 삶이 엄청나게 바뀌었음을 알게 된 것이다. 작은 차이가 천 리의 차이를 낳는 법이다(毫釐之差 千里之繆).

나는 '나라는 한계를 넘어 타인과 소통하기 위해서' 책을 읽는다. 이런 걸 흔히 공감능력이라 한다. 보통 우린 나의 마음을 통해 타인의 마음을 알 수 있다고 생각한다. 그래서 나온 말이 '역지사지'(易地思之)이기도 하다. 하지만 비장애인이 장애인의 마음이나 심정을 충분히 이해할 순 없다. 쌍둥이일지라도 상대방을 온전히 안다는 것은 불가능에 가깝다. 모든 여건이 다른데 나의 생각만으로 타인의 생각이 그러하리라 판단하고 행동할 순 없는 것이다. 결국 타인과의 진정한 소통이란 그 사람의 마음에 가 닿으려는 노력이고 같은 공감대를 형성하려는 노력이라 할 수 있다. 그건 단지 마음만 먹었다고, 많은 사람들을 만났다고 해서 형성되는 건 아니다. 그렇기 때문에 독서가 필요한 거다. 내가 그 사람의 입장이 되어 그 사람의 맘을 온전히 헤아릴 순 없지만, 그 사람이 쓴 글을 읽으며 간접 체험할 순 있다. 오토다케 히로타다 씨가 쓴 『오체불만족』을 읽으며 장애인들의 마음을 느끼고, 『다르게 사는 사람들』을 읽으며 소수자들의 설움에 동감한다. 그런 공감이 형성될 때 그들을 타자화하지 않게 되고 타인과 소통할 수 있는 여건이 갖춰진다. 그럴 때 비로소 인간의 주체성을 이야기할 수 있고 상생을 이야기할 수 있다. 그렇다고 한다면 '단순히 책을 읽는다고 공감능력이 생긴다고 확신할 수 있는가?'라는 의문도 생길 법하다. 물론 단순히 읽는 흉내만 내서는 생기지 않는다. 저자와 대화하려는 마음과 책의 내용을 내 입장에 적용하려는 적극성이 필요하다. 그런 마음으로 독서할 때 세상을 보는 안목이 길러지며, 사람과 소통하려는 진실성도 길러진다.

나는 '나만의 철학을 갖기 위해서' 책을 읽는다. '철학'이라는 단어가 형이상학적인 것으로, 호사취미쯤으로 여겨지는 현실이지만 실상은 전혀 그렇지 않다. 철학 없이 사는 사람은 없으니까. 살면서 무언가를 선택하고, 위기에 내몰렸을 때 그걸 헤쳐 나가는 데엔 삶의 철학이 작용하는 법이다. 이런 중요한 철학을 어떻게 구성하고 살아가느냐에 따라 삶의 모습은 180도 달라진다. '반쯤 물이 담긴 컵을 보고 어떻게 말하는가?' 라는 질문에 대한 두 가지 답변은 삶의 철학이 얼마나 중요한지 보여 주는 예라 할 수 있다. 책에는 저자의 철학이 담겨 있게 마련이다. 책을 읽으면 자연스레 그런 철학들을 받아들이게 된다. 그렇게 타인의 생각들을 받아들여 나의 생각에 융합하다 보면 어느 순간 나만의 철학이 이루어진다. 나의 주체성이 확고해진다면 더 이상 외부조건에 일희일비(一喜一悲)할 필요가 없다. 내가 내 삶의 주체가 되어 나의 삶을 만들어 가는데 그깟 외부조건 따위가 나를 어찌하겠는가. 그와 같은 주체성의 철학을 갖기 위해 나는 끊임없이 독서를 한다.

이런 이유로 난 오늘도 책을 펼쳤다. 보고 싶었던 책을 읽는 것이지, 이걸 읽는다고 지금 당장 돈이 나오거나 독서 효과가 나타나는 건 아니다. 나와 같이 공부하는 이들 중엔 책을 읽어야 한다는 사실엔 공감하지만 선뜻 손을 대지 못하는 이들이 많다. "임용고시 준비하기도 바빠 죽겠는데, 웬 호사취미냐~. 합격하고 나면 그때부터 읽을 거야"라며 미룬다. 뭐 틀린 말은 아니다. 독서를 한다고 성적이 오른다거나 취업이 되는 건 아니니까. 하지만 그건 근시안적인 생각이라고 말해 준다. 그렇게 공부해서 합격한들 내 삶을 내가 주체적으로 살아가지 못하는데 어디에 기쁨이 있겠는가. 내가 재밌게 공부하지 못했으니, 학생들에게도 그런 죽어 버린 지식만을 전달해 주다 끝날 것이다. 더욱이 합격한 후엔 더 시간 없다고 아우성 칠 것이 뻔하다. 오늘 할 수 없는 일을 내일 할 수 있다고 믿는 것은 자기기만일 뿐이다. 내 삶을 찾기 위해, 그리고 즐겁게 공부하며 바로 이 순간을 행복하게 살기 위해서는 지금 바로 독서해야 한다. 독서를 통해 내 자신이 바뀌고 세상을 보는 안목이 바뀐다면「허생전」의 허생처럼 기회가 주어졌을 때 자기의 능력을 십분 발휘할 수 있을 거다. 좀 성공과 거리가 멀지라도 그와 같은 여유로움으로 살아가는 건 어떨까. 미래의 행복을 위해 지금의 불행을 자초할 것이 아니라, 지금 이 순간의 행복을 누리며 맘껏 즐겁게 독서하며 공부하는 거다. 그렇게 즐겁게 산 사람만이 학생들에게도 공부의 즐거움, 독서의 즐거움에 대해서 가르쳐 줄 수 있을 거다.

바로 그와 같은 인생의 가르침이 책 속에 들어 있다. 어떤가? 왠지 평소에 읽고 싶었던 책을 집어 들고 마음껏 읽고 싶지 않은가?

3

책은 왜 읽는가―나의 오래된 습관일 뿐

고경은

오랜만에 비가 온다, 겨울을 재촉하는 비일 게다. 오히려 겨울답지 않은 날씨 탓에 이번 비엔 고마움이라는 마음이 실린다.

배꼽시계의 신호가 오고 일찍 어스름해지는 오늘 같은 날 대다수의 사람들은 부침에 막걸리 생각이 자연스럽게 나는 모양인데, 도서관에서 빗소리를 들으며 책을 읽고 싶다는 생각을 하며 약간의 죄의식을 가지는 난 지극히 비정상인 걸까.

지극히 개인적인 단편이지만, 우리 또래의 어린 시절엔 책은 흔히 접할 수 있었던 물건은 아니었다. 물론 교과서를 책이라는 범주에 포함시키지 않고서 하는 생각이다. 글을 읽을 무렵 손위 언니, 오빠들은 초등학교 고학년 이상이었지만, 내 기억에 책다운 책(?)을 보게 된 것은 『어깨동무』, 『새소년』 같은 잡지류를 통해 책이라는 물건을 눈으로 확인하게 된 경험이었다. 그 당시 집집마다 흑백 TV가 하나씩 들어오고 그다음 순서로 약간 산다는 집에 모 출판사의 빨간 세계명작 소설집이 구색을 맞춰 들어오는 과정을 밟으며 책은 내 기억에 새로운 물건으로 각인된 것 같다.

집안 대대로 공부와 무관한 직업을 가졌고 족보 정도나 보시던 아버지를 두어서 그랬을까. 아무튼 내가 자란 고장에 도서관이라는 곳이 있다는 것을 알게 된 것도 초등학교 3, 4학년 사회교과서에서 활자로 배워 알았으니 지극히 책과는 거리가 멀게 살았던 건 인정이 된다.

어린 시절, 그나마 지금은 내용이 희미해졌지만 『소공녀』, 『안데르센 동화집』, 『이솝우화』, 『아라비안 나이트』 등 책 제목이나마 기억이 나는 세계명작 소설집을 읽어 가며 읽는 즐거움을 몸 속에 체득한 것을 소득으로 치부할 수 있다. 남들과 다른 경험을 밝힌다면 가게를 하던 덕분에 신문을 두세 개 구독하였는데 초등학교 고학년 시절에 신문을 읽었고——물론 그 당시 신문은 한자가 대부분이었는데 어떻게 읽었는지……. 아버지에게 같은 한자를 여러 번 묻다 혼이 났던 기억이 있다——, 연재소설 같은 것을 그림에 반해 몇 가지 읽었고 그래서 매일 신문을 기다리던 모습이 떠오른다.

그때가 사춘기였을까. 돌이켜 보면 남들보다 유별나게 치른 기억은 없지만 슬슬 대학교 다니던 언니, 오빠가 읽던 책에 손대기 시작했다. 서울서 대학을 다니니 방학 기간에 갖고 내려왔던 그 책을 아무도 모르게 읽고 제자리에 갖다 놔야 해서 속도도 중요했다. 학교서 선생님이 읽으라고 했던 책 ——『상록수』, 「딸깍발이」, 『삼대』,

「빈처」 등 ── 과는 또 다른 세상을 만나는 흥분감이 지금껏 나를 독서의 세계로 이끈 계기가 되어 주었다고 자부한다.

『난장이가 쏘아올린 작은 공』, 『창작과비평』, 함석헌 선생님 책 등 우리나라 작가의 책뿐만 아니라 『분노의 포도』 등 직접적으로 이해도 못한(포도의 뜻을 알게 된 것은 대학을 다닐 당시 축제 기간에 학생회에서 보여 준 영화를 통해 다시 이 작품을 접하게 되어서였다) 책들을 지금의 청소년들이 야동을 보는 것만큼 또 다른 어른들의 세계를 훔쳐보는 그런 기분을 맛보며 무조건적으로 읽어 내렸다.

그러다 보니 또래에 비해 덩치는 엄청 작았는데 주변 사람들에게 세상의 온갖 고민은 혼자만 하고 있다는 핀잔 아닌 핀잔을 들었던 그런 시간이었다.

운이 좋아 서울에 있는 대학을 가니 신기하게 학교에서 가장 크고 새로운 건물이 도서관이었다. 무엇보다도 교문에서 강의실까지 내 걸음으로 15분이 넘게 걸어야 하는데(버스정류소나 지하철역에서 걸어온 시간을 합치면 거의 30분이 소요되었다) 제일 가깝게 갈 수 있는 곳도 도서관이었다. 더욱 그곳을 찾아가야 했던 이유는 그 당시 소수의 여학생을 위한 여학생휴게실이 따로 있어 낮잠도 잘 수 있었던 아늑한 공간이었기 때문이다. 시험기간엔 집이 멀어 가기를 포기했지만, 용돈이 궁해 레포트를 쓰기 위한 책을 사기가 힘들어 자료를 구하러, 외부에서 친구가 찾아와도, 공강 시간에는 유용한 놀이터로 도서관만큼은 참 유용한 장소였고, 내 발자국을 가장 많이 남긴 공간이었다. 유일하게 개가식으로 운영되던 정기간행물실에서 만나던 책들이 없었다면 매일 최루탄 냄새만 나던 학교에 머물 이유조차 없던 시기였는데, 지금 돌이켜 보면 지금이라도 도서관과 그때 만난 책들에게 고맙다는 말이라도 하고 싶다.

서울을 갈 기회가 있던 작년, 대학을 졸업한 지 20년 만에 아침 새벽 도서관을 찾아갔는데 그렇게 크고 새 건물이던 도서관은 다른 현대식 건물에 밀려 너무 초라하고 낡아 있어 멀어져 간 내 젊음마냥 슬픔만 안겨 주었다. 물론 제2의 도서관을 짓고 있다, 지었다라는 말을 들어도 내 경험상 언제까지나 모교의 도서관은 하나일 뿐이고, 시간에 맞서 중후한 멋을 내지 못하는 도서관에 내 좋았던 경험을 모조리 비워 주고 나와야 했다.

그전까지 책읽기가 나 혼자만의 짝사랑이었다면 대학교 2학년 때 우연한 기회에 스터디 그룹에서 만난 『논어』(論語) 읽기는 늘 대여섯 명의 사람들과 시간상으론 2년 동안 정기적으로 했던 책읽기라서 그 맛 또한 색다름이 잊혀지지 않는다. 눈으로만 읽는 방식이 아니라 선생님의 선창을 귀로 듣고 따로 소리로 내고 외우기까지 해야 하는 오감을 자극하는 책읽기였기에. "子曰, 學而時習之, 不亦說乎~" 어떻게 이런 문장이 잊혀진다 말인가.

시간을 초월한 세상의 진리가 담겨 있는 듯한 『논어』는 그후에도 틈틈이 손이 가장 많이 가는 책이었는데 남편과 싸우고 애들과 옥신각신하며 살다 보니 영영 멀어지게 되는 안타까움도 있다.

『논어』를 읽기 위해 방학에도 고향에 갈 수 없어 서울 망원동에 홍수피해가 크게 났던 그 해 여름, 선풍기 하나 벗 삼아 대학생 필독도서라는 책과 약간의 금서들을 외로움과 싸우며 읽었던 시간들. 그 당시 일기장에 간단히 메모로 감상도 적혀 있고, 그 일기장은 지금도 내 방 어딘가에 꽂혀 있다. 요즘 책을 읽어도 기록하지 못하니 그 시절이 어찌 부럽지 않을까.

지금 사춘기인 딸은 컴퓨터에만 빠져 살고 MP3에 가요만 매일 업그레이드시키지 도통 활자문화는 좋아하지 않는 것 같다. 초등 저학년인 아들은 1학년 때 우리나라 역사책을 읽다가 인명사전을 달달 외워서—문익점이 몇 년도에 태어나서 몇 년도에 죽고, 무슨 업적을 남겼다는 식으로—우리 집에 놀러온 사람들을 깜짝 놀라게 하더니만 축구를 하는 지금은 세계축구 역사와 축구선수들의 자잘한 것을 외우고 다닌다. 그에게 책은 역사책과 스포츠 책만 존재하며 그것들만 읽고 있다.

사서인 남편은 의외로 책에 쌓여 지내다 보니 책을 정리만 할 뿐 읽으려 하지 않는다. 도서관에서 수서업무를 하기 위해 서평과 신간안내만 읽게 되지, 책을 거의 읽지 않는다는 고백을 하며 산다. 그러나 가끔 동기가 부여되면 어느 정도 정리가 될 정도로 그 분야에 관한 책 20여 가지를 집요하게 깊게 파 내려가며 정독하는 시간을 갖곤 한다.

그래서 우리 집에선 거의 유일하게 나만 책을 읽는다. 원래 책

가난한 시인

간서치 이덕무가 한겨울의 추위를 이겨내려 『한서』 한 질을 이불 삼고, 『논어』 한 권을 병풍으로 세웠다더니, 아흐 놀라워라, 여기 서양판 이덕무가 있다. 비 오는 날인가, 천장에 우산을 펼쳐 놓았으니. 한겨울이런가. 벽난로 아궁이에 신문무더기가 보이니. 그래도 의기는 하늘을 찌른다. 이불을 돌돌 말아 침대에 누워 있으면서도 책은 읽고 있지 않았던가. 어느새 우리가 이들의 마음에서 이토록 멀어졌던가. 세상을 휘어잡는 큰 목소리에 흔들리지 않고 내가 가야 할 길을 걸었던 그 당당함은 어디로 갔는가. 다시, 책 읽기로 마음을 다잡아야 한다. 비록 띠집에 살거나 골방에 기숙하더라도 책이 있으면 그곳이 바로 천국이거늘.

을 사서 읽고, 읽은 책은 주변의 사람들에게 나눠 주는 것을 좋아하
나, 살림을 하다 보니 지금은 책을 거의 사지 못한다. 지금은 공공도
서관에서 책을 마음대로 빌려 볼 수 있어 사려고 하는 욕심도 가지
지 않는다. 집에 책을 쌓아 두는 문제도 여간 골칫덩어리가 아니지
않은가. 그럼에도 책이 안 팔린다는 말을 들으면 마음은 편치 않음
이 솔직한 심정이다. 책만큼은 사치하고 싶은 마음이 굴뚝같고 형편
이 나아지면 서점에 가서 책 호사하는 즐거움도 누리며 살고 싶은
맘이다.

　그런데 책읽기를 좋아하는 나에게 남편은 아주 가끔 질책을 한
다. 그 나이에 아무 생각 없이 책만 읽고 살아간다는 그런 뜻에서.
전공을 살려 논술교사를 하는 것도 아니고, 남들이 알아 주는 글을
쓰는 것도 아니니, 요즘같이 노후가 불안한데 한가하게 앉아 책만
읽는 아내를 곱게 봐줄 수가 없을 테지(그러면서 좋은 책 소개는 꼬박
꼬박 해주고 책 반납도 대신 잘 해주니 사실 나도 남편의 본심이 무언지
혼란스럽기도 하다).

　책은 왜 읽는가? 라는 질문을 받고 있다. 그럼 왜 음악을 들을
까. 왜 TV를 볼까. 왜 영화를 볼까. 왜 여행을 할까. 왜, 왜…….
　어쩌다 책이 다가와 자연스럽게 내 삶에 어우러져 내 생활에 한
부분이 된 게 아닐까. 시간이 있을 때도 책을 읽었고 오히려 시간에
쫓겨 중요한 결정을 내려야 할 때도 책을 잡고 마음의 안정을 찾고
있던 적도 있었다. 남들이 노래방에 가서 소리를 질러야 스트레스가

풀린다 하면, 책을 읽지 못해 스트레스가 쌓인다고 말한다.

내 삶에서 책읽기처럼 오랫동안 해온 습관이 있을까. 이제 책읽기는 밥 먹고 잠자고 하는 일상처럼 자연스레 내 몸이 원하는 행위가 아니던가. 책은 가족처럼, 내 집처럼 익숙한 존재며 오래된 친구를 만나는 것처럼 늘 반갑고 신선함을 준다. 몸에 맞는 옷을 입은 것처럼 정신적 편안함도 주고 가끔 새 옷을 사 입은 설레임도 맛보게 해줘 삶을 권태롭지 않게 해준다.

사무실에선 언제나 새로운 문화프로그램을 토해내야 한다. 항상 기획회의를 해야 하고 많은 사람들을 접대하고 토론하고. 젊은 사람과 나이 든 사람들 틈에 끼여 내 존재감도 드러내야 하는데, 여기까지 있는 것도 좋은 책을 만나 친하게 지낸 덕분이라 생각한다.

요즘 딸에게 야단을 치면 "엄마 왜 날 낳았어?" 하며 날 곤란하게 만드는 것처럼 책을 왜 읽는가라는 질문도 쉬 대답하기 어렵다. 분명한 것은 책 읽는 시간이 고통스러웠더라면 진정 읽지 않았을 것이다. 지금 책 읽는 것보다 더 즐거운 것이 없기에 남편의 눈치를 보면서도 또 책을 읽을 것이다. 더 내공이 쌓이면 내 책 읽는 즐거움을 직접 책으로 만들어 내겠다는 욕심을 간직한 채. 이런 욕심을 많이 한들 나이 먹는데 욕먹을 짓은 아니지 않을까.

책, 가장 강력한 호주머니

권혜린

거울을 앞에 두고 그 거울을 보면서 책을 읽는 사람은 없으니 책을 읽을 때의 내 표정이 어떤지 알 수 없지만, 책을 읽는 모습이 다른 이에 의해 사진으로 찍혀 그 표정을 알게 된 적이 있다. 대학교 교정의 비탈진 잔디밭 위에서 눈을 내리깔고 책에 몰두해 있는 모습이었다. 그 사진을 보면서 생각했다. 책을 읽는 모습은 고독해 보이지만 그 마음은 절대로 고독하지 않은, '탈고독화'로서의 따뜻함을 보여주고 있다고.

주위를 보지 않고 앞만 보고 날려가면서 나와 마찬가지로 고립되어 있는 이들과 경쟁하는 것은 외로운 일이다. 대학 졸업을 앞두고 있는 이들에게서는 완전 무장을 하지 못한 채 사회라는 전쟁터에 나가는 불안이 그대로 느껴진다. 항상 추워 보이는 눈빛으로 필사적으로 능력을 배양하기 위해 쫓아가는 모습은 겨울에 꽁꽁 언 손을 녹일 호주머니 하나 없는 옷을 입고 있는 것 같았다. 비단 나와 같은 젊은이들뿐이랴. 지나온 과거를 닮은 어린 학생들도, 다가올 미래를 엿보게 해주는 중장년층의 어른들도 마찬가지이다. 모두가 어깨 위에 삶이라는 버거운 짐을 이고 지며 살아가고 있다.

그러나 세상에서 느끼는 추위에 지쳤을 때 손을 데울 따뜻한 호주머니가 생각보다 가까운 곳에 있으니 그것은 바로 '책'이다. 이는 남들과 같아 보이는 상황에서 내 자신을 다르게 만들어 준다. 현실적인 성공, 사회적인 인정, 안정된 생활이라는 압박에 눌려 신경이 날카로울 때 그것은 적절한 온도로 불안한 마음을 안정시켜 준다. 책으로 만든 호주머니에 손을 넣고 있으면 세상에 속할 새로운 힘을 얻을 수 있었다. 소중한 사람을 잃을 때나 믿었던 사람에게 배신을 당할 때, 절망 때문에 마음이 앓아누운 상태에서도 나는 끊임없이 책을 읽었다. 인심이나 사회가 변하는 동안에도 책은 자기의 생각을 담은 채 굳건히 제자리를 지키며 한결같은 믿음을 주었다. 책을 읽으며 그렇게 책을 닮은 강한 사람이 되고 싶다고 생각했다.

사춘기 무렵에는 그 어느 때보다도 고독했다. 잦은 전학을 경험하는 동안 전학생에 대한 경계심 때문에 자신들의 무리에 끼워 주지 않거나, 필요에 의해서만 찾는 이들 때문에 누군가와 정서적인 관계를 맺을 의욕도 생각도 사라졌다. 대신 많은 책들을 읽었다. 때로는 '완보'(緩步)하듯이, 산책하듯이 스쳐지나가는 모든 풍경들을 담아 읽었고 때로는 세계명작 전집과 같이 많은 양을 '속보'(速步)하며 읽어치우기도 했다. 나처럼 인간으로서 느끼는 근본적인 공허감 사이에서 방황하고 고뇌하는 인물들이 그 안에 있었다. 그리고 그들은 다양한 방식으로 자신의 삶을 결정했다. 책을 읽으면서 이 과정을 함께하는 동안 위안과 용기를 얻을 수 있었다. 왜 그토록 작은 일에 옹졸하게 굴었는지 부끄러워졌다. 또한 나와 다르면서 비슷한 많은 이들이 왜 나에게 그런 식으로 대하는지 고민하고 이해하려는 시도를 하게 되었다. 결국 책의 따뜻한 도움에 힘입어 다시 사람들 속에 들어가는 방법을 택했다. 성격도 점차 밝아졌고 고독에 대처하는 방법을 조금씩 터득하게 되었다. 이처럼 책은 부작용 없고 효과가 오래가는 믿을 만한 '신경안정제'였다. 그렇기에 살아가는 동안 절대로 끊을 수 없을 것이다.

'따뜻한 호주머니'의 진정한 가치를 알게 된 것은 대학에 들어오고 나서였다. 고전 읽기 동아리를 통해 새로운 걷기 방식인 '길을 개척하면서 걷기'를 알게 되었다. 길치이자 방향치인 나는 익숙한 곳에서도 종종 길을 헤매고는 했는데, 시간적 여유가 있을 때에는 길을 잃은 곳에서 이곳저곳 둘러보며 새로운 장소를 알게 되는 매력을 즐겼다.

고전을 읽을 때 처음에는 낯선 곳에서 길을 잃은 느낌이었다. 매주 이루어지는 정기 세미나에 정해진 분량의 책을 읽어 가는 것도 버거웠다. 처음 읽었던 책이 바로 이름은 익히 들었으나 한 번도 끝까지 읽어보지 못한 플라톤의 『국가』였으니! 책장을 넘기기도 어려운 책을 발제해 가는 것은 더욱 곤욕스러웠다. 그러나 곧 힘들게 떨어진 발걸음에서 재미를 느꼈고 함께 책을 읽는 사람들을 통해 따뜻함을 전달받을 수 있었다. 나의 의견을 경청하는 사람들이 있고 그들의 새로운 생각도 알 수 있는 책읽기와 토론의 영역은 놀랍고도 신비스러웠다. 열심히 읽는다고 해서 눈에 보이는 것이 생산되는 것은 아니었지만 점차 마음이 풍요로워지는 것을 느낄 수 있었다. 실력이 점점 나아지는 글과 영양가 있는 토론을 통해 정신이 성장하는 모습도 볼 수 있었다. 줄을 치고 메모를 해가며, 때로 다른 책을 찾아보면서 여러 고전들을 읽었다. 읽는 과정은 치열했으나 고독하지 않았기에 마음이 평화로웠다. 마음의 평안은 종교를 통해서만 얻을 수 있는 것이 아니었다. 머리와 가슴에 박히는 구절과 사상이 담긴 책을 통해서도 얼마든지 그와 같은 느낌을 받을 수 있었다. 혼자 책을 읽는 모습은 홀로 아름답다. 그리고 함께 책을 읽는 모습은 아름다움을 넘어 호주머니에 서로의 손을 넣어 주는 것처럼 참으로 따뜻해 보인다.

또 하나 호주머니로서의 책의 특징은 평소에 잘 느끼지 못하지만 언제나 나의 삶 속에 존재하고 있다는 것이다. 참으로 '든든한 호주머니' 다. 다른 소지품들은 깜박 잊고 가지고 가지 못할 때가 있지만 호주머니는 옷에 달려 있는 이상 내가 움직일 때 안 가져갈 수가 없다. 마찬가지로 책은 내가 살아가고 있는 동안 언제나 곁에 있으면서 사회적인 현상과 개인적인 삶의 의미가 무엇인지, 제대로 되어가고 있는지, 잘못되었다면 그 원인은 무엇인지 '근본' 을 고민하게 해 준다. 따라서 단기적이 아닌 장기적으로 저장된다. 스스로 떠먹는 '자발적 전유물' 이기에 힘세고 오래가는 건전지처럼 강력한 에너지를 지니고 있는 것이다.

그러나 아무 책이나 읽으라는 것이 아니다. 우리는 물론 계속해서 무언가를 읽고, 말하고, 쓰고 있다. 시험을 통한 평가 방식에는 직접적으로든 간접적으로든 이와 같은 과정이 모두 포함되어 있다. 다만 그 과정에서 자발적으로 성찰을 하고 있지 않다는 점이 문제인 것이다. 베스트셀러 목록에 자리 잡고 있는 실용서와 처세술 책, 논술 교재들은 비슷한 내용을 다른 말로 포장하여 읽는 이에게 떠먹여 준다. 사람들은 스스로 사고하지 않은 채 이것을 허겁지겁 받아먹으면서 무언가 달라질 것을 기대하지만, 이미 너무나 많은 이들이 그 책을 읽고 똑같이 따라하고 있다는 점에서 방법만 달라질 뿐 인격이나 사고 등의 근본적인 변화를 가져올 수 없다. 그러나 나를 성장시키는 책들은 확실하고 단순한 기술로 처세하는 것을 알려 주는 것이 아니라 오히려 복잡하게 고민하면서 어떻게 처세할지 모르도록 만들어 준다. 세부적인 방법을 주목하는 것이 아니라 전체적인 삶을 들여다보는 것이다. 이렇게 책을 읽는다는 것은 곧 삶을 읽는 것이기에 제대로 살기 위해서는 제대로 책을 읽어야 한다. 스스로 사고하면서 온전한 내 자신으로 살아가려는 삶과 책은 결코 동떨어질 수 없다.

인간은 자신의 '삶 읽기', 곧 자기 성찰과 자기 진단을 끊임없이 하고 스스로를 고쳐 나감으로 살아남았던 것이다. 현대는 이 '자아 성찰'의 능력이 '의식적인 수준에서' 크게 강조된 시대이다. 그리고 그 능력이 인류 역사 어느 때보다도 문제시되고 있는 때이기도 하다. 급속한 속도로 진행된 거대규모의 산업자본주의화가 나름대로 충분한 자아 성찰을 토대로 이루어져 왔는가? 인간은 이 어려운 시대도 역시 '지혜롭게' 극복해 갈 수 있을까?…… 나는 우리에 대한 하나의 규정을 내리고 있다. 우리가 "뿌리가 뽑힌 상태"에 있다는, 달리 말해서 우리 자신을 제대로 성찰하고 규정할 말을 갖고 있지 못하다는 규정이다. 제대로 된 말을 갖지 않은 상태에서 이 소리 저 소리 하는 것 자체가 헛도는 말을 더 만들 뿐이다. 그런 면에서 나는 또 하나의 헛소리를 하고 있는 셈이다. 그럼에도 불구하고 나는 우리 사회에 만연한 말의 헛돌기, 자기 성찰을 회피하게 하는 그 무엇들, 겉도는 글들에 대해 이야기하고 싶어 한다. 내 말이 헛돌며 또 얼마나 헛도는지, 그리고 내 말이 헛돌 때 나는 어떻게 느끼는지 알고 싶어 한다.

그런데 왜 하필 '책읽기'인가?

우리가 어떻게 삶을 읽어 내는지를 알아 가는 방법론으로 나는 교실을 현장으로 잡았고 '책읽기'를 집중적으로 살펴보고자 했다. 삶 읽기는 글 읽기와 깊은 관련이 있기 때문이다.(조혜정, 『탈식민지 시대 지식인의 글 읽기와 삶 읽기 1』, 16~17쪽)

곧 진정한 자아를 찾기 위해서는 책읽기가 반드시 따라와야 하는 것이다. 호주머니가 된 책을 생각하니 낭중지추(囊中之錐)라는 말이 저절로 떠올랐다. 문자 그대로 풀이하자면 '주머니 속의 송곳'인데 주머니 속에 넣은 뾰족한 송곳은 가만히 있어도 그 끝이 주머니를 뚫고 나온다는 뜻이다. 이는 능력과 재주가 뛰어난 사람은 스스로 두각을 나타내게 된다는 것을 의미한다. 사마천의 『사기』(史記) 중 「평원군전」(平原君傳)에는 "평원군이 말하기를 모름지기 현사(賢士)가 세상에 처함에는 송곳이 주머니 속에 있는 것과 같아 곧 그 인격이 알려지게 된다"라고 나와 있다. 우리 시대의 현사는 책을 읽는 사람이다. 뚫고 나올 호주머니가 없다면 송곳의 뾰족함도 보지 못할 것이니, 책은 곧 나의 능력과 재주를 발견하게 해주는 매개체가 된다. 책이라는 호주머니를 갖고 있다면 인격과 사고라는 송곳이 뾰족해져 결국 주머니를 뚫고 나의 밖으로 빠져나올 것이다. 그러니 조급해하지 않고 뭉툭한 송곳을 갈면서 힘을 기르면 된다. 아니, 책을 읽는 동안 저절로 그 힘은 길러질 것이다.

책을 왜 읽는지 물어본다면 세상이라는 급류에 휩쓸리지 않고 내 자신으로 곧게 살아가고 싶어 읽는다고 대답한다. 또한 책장을 넘길 용기만 있다면 그 책은 선입견 없이 선뜻 나의 천군만마가 되어 주기 때문에 읽는다고 대답한다. 다른 이에게 빼앗기지 않고 오히려 도움도 줄 수 있는 무기로 정신적인 무장을 하기 위해 오늘도 책을 읽는다. 사람과 너불어 잭을 읽는다면 인간관계 속에서의 고독을 이겨 낼 희망도 함께 얻을 수 있다. 책이라는 강력한 호주머니가 있는 한, 살아가면서 겪을 시련 속에서도 마음은 언제나 따뜻하고 든든하게 채워져 있을 것이다.

5

책읽기는 밥이다

서재호

대부분의 사람들은 밥을 좋아한다. 그리고 나 역시 밥을 좋아한다. 나는 뭐든지 할 때 배가 부르고 시작하는 것을 좋아한다. 지금도 밥을 배불리 먹고 이 글을 쓰고 있다. 배가 불러서 그런지 잠이 슬슬 몰려오고 있다. 그렇지만 이 정도는 많은 경험으로 인해 이겨 낼 수 있을 정도로 숙달이 됐다.

어느 날 문득 밥을 왜 좋아하게 될까를 생각하게 됐다. 우리가 참기 힘든 욕구 중 한 가지가 식욕이다. 그 식욕을 없애기 위해서는 식사를 해야 한다. 그 중에서도 밥은 우리 식사에서 기본이 되는 음식이다. 밥이 없어서는 식사라는 단어가 말이 안 된다. 아무리 많은 반찬이 있더라도 밥이 없으면 이상 식단이 된다. 더 나아가 밥이 없으면 아예 식사를 안 한다. 요즘처럼 패스트푸드가 늘어나는 시기에도 밥은 중요한 음식이다. 패스트푸드도 밥의 재료인 쌀로 만들어진 음식들도 많다. 이처럼 밥도 시대에 맞추어 변해 가고 있다. 그럼에도 밥이라는 본질은 변하지 않는다. 그리고 밥은 산, 강, 집, PC방

여러 어느 장소에서도 먹어도 이상하지 않은 음식이다. 거지, 대통령, 범죄자, 경찰 등등의 어느 누구나 밥을 먹는다. 이렇게 여러 신분들의 사람 누구나 밥을 먹는다. 그리고 이것을 가지고 뭐라고 하는 사람들도 없다.

책읽기도 밥과 비슷한 경향이 많다. 밥은 어디를 가서도 흔하게 볼 수도 있고, 구하기 쉽다. 책도 어느 장소를 가든 흔하게 볼 수 있어 사람들은 책을 어디서나 읽곤 한다. 우리가 밥을 먹으려고 맘만 먹는다면 언제든지 먹을 수 있듯이, 책읽기도 우리가 맘만 먹는다면 언제든지 할 수 있다. 밥을 왜 먹으려고 하는 걸까? 그건 그냥 배가 고파서 일 것이다. 딱히 이유를 찾으려 하지 않는다. 굳이 이유를 찾는다면 살기 위해서일까? 책도 마찬가지이다. "책을 왜 읽을까?"라는 질문에는 그냥 읽는다는 답이 많다. 어느 누가 "이성을 가지고 생각을 하지 않는다면 사람이 아니라 동물이라고" 말했었다(누가 그랬는지는 잘 기억이 안 나지만……). 그래서 우리는 생각이라는 것을 하고 산다. 그 이성적인 생각을 가지기 위해서는 책을 읽어야 하고 생가을 발전시키는 것도 책이다.

둘째, 둘 다 기초라는 것이다. 밥은 식단에서 없어서는 안 될 기초이다. 밥이 있으므로 식사를 더 맛있게 하는 것이다. 책도 밥과 마찬가지로 모든 학문의 기초가 된다. 나의 경험을 바탕으로 예를 들어 보겠다. 우선 참고로 나는 책을 많이 읽는 학생이 아니다. 일 년에 두 권 정도 읽는다(판타지를 빼고 말하는 거다). 나는 고등학교 때 모의고사 언어영역 점수를 올리기 위해 문제지만 계속 풀었지만 3

등급 이상의 점수를 낸 적이 한 번도 없다. 그런데 억울하게 문제집을 한 번도 풀어 본 적도 없는 내 친구는 1등급을 맞곤 했다. 그래서 자존심은 상하지만 친구에게 "언어 점수 어떻게 하면 잘 나와" 하며 물어봤었다. 그 친구가 하는 말이 "어려서부터 책을 많이 읽었다"는 것이다. 그 소리를 듣고 난 좌절하고 말았다. 나를 더 좌절하게 하는 말이 있었다. 그 말은 책읽기가 문제에서 실수를 덜 하게 할 수 있는 법이라고 한 말이다. 나는 그 이유를 친구에게 물어봤다. 그 친구는 내가 책을 많이 읽지 않는다는 것을 알고 있었다. 그 친구가 나에게 "너 혹시 문제 이해를 못하거나 문제를 잘못 읽어서 틀린 적 없냐" 물어본 것이다. 나는 그렇다고 했다. 그 친구는 나에게 "봐봐 그게 독서 부족이야"라고 했다. 나는 그 소리를 듣고 날벼락 맞는 느낌이 들었다. 잘못 읽어서 틀린 문제들이 많아서……. 이처럼 책읽기는 모든 학문에 기초가 되면서 학생들에게 성적 향상을 하는 데 도움이 된다.

셋째, 밥과 책은 일상생활에서 떼려야 뗄 수 없는 관계에 놓여 있다. 외국에서는 밥을 먹지 않고 감자나 옥수수, 고기 등을 먹는다. 그러한 예를 들어서 밥을 대체할 수 있는 다양한 식품이 있기 때문에 꼭 밥이 필요한 것은 아니라고 이야기하는 사람들도 찾아볼 수 있다. 하지만 실상은 위의 이야기와는 많이 다르다고 볼 수도 있다. 외국에 「슈퍼 사이즈 미」라는 다큐멘터리 영화가 있다. 이미 많은 사람들이 알고 있을 것이다. 이 영화에서 주인공은 30일 동안 삼시 세끼 패스트푸드만을 먹는 실험을 한다. 특히 매끼마다 슈퍼 사이즈

세트메뉴를 먹는 것이 이 실험의 조건이다. 영화에서는 이 실험이 힘들게 성공을 했다고 한다. 하지만 그 후유증은 실로 엄청났다. 체중 증가는 물론 각종 질병까지……. 의사들이 이 실험을 중단할 것을 수없이 권유하기도 했던 위험한 실험이다. 우리나라 사람도 이러한 실험에 도전을 했지만, 얼마 못가 포기하고 말았다고 한다. 우리는 이 실험에서 작지만 큰 것을 깨달을 수 있을 것이다. 많은 사람들이 밥 대신 다른 것들로 끼니를 채울 수 있다고 주장하지만 이것은 틀린 말이란 것을 말이다. 아주 짧은 시간은 대체할 수 있겠지만 우리에게는 밥이 필요하다. 결국 이 실험은 우리는 밥을 먹지 않고는 살기 힘들다는 것을 보여 준다.

책도 밥과 별반 다르지 않다. 밥을 안 먹고 다른 것들만 먹을 경우에는 몸이 힘들어지고 육체적 질병에 시달리겠지만 책은 그렇지 않다. 다만 책을 읽지 않았을 경우에는 정신적으로 메마른 삶을 살 수도 있고, 세상에서 얻을 수 있는 지식 부족으로 삶이 힘들어질 수도 있다. 나는 이런 것을 정신적 질병이라고 말하고 싶다. 육체적 질병 또한 매우 힘든 일이시반 성신적 질병도 만만치 않게 힘든 병이다. 책은, 특히 시집과 같은 경우 그 단어 단어의 이어짐들은 우리에게 커다란 정신적 안정과 풍요로움을 선사해 줄 때가 많다. 또 책 속에서는 우리가 경험하지 못했던 많은 것들을 담아 우리에게 선물해 줌으로 인해 세상을 먼저 배우고, 살아감에 있어 편리하게 하여준다. 이처럼 책은 우리의 정신적 메마름을 막아 주고 삶을 영위해 나갈 수 있도록 해준다. 그러므로 책은 밥처럼 우리가 세상을 사는 데 가장 필요한 몇 가지라고 나는 생각한다.

넷째, 밥은 하얀 쌀밥만 있는 것이 아니다. 쌀밥도 있고 콩밥도 있고 현미밥도 있다. 그 외에도 밥은 무수한 종류가 있다. 책에도 다양한 장르와 많은 주제가 있다. 우리는 하얀 쌀밥만 먹고 살지 않는다. 그리고 책도 한 종류만 읽는 것이 아니다. 우리는 다양한 종류의 밥을 먹으면서 다양한 종류의 영양소를 섭취하고, 그럼으로 우리는 건강한 몸을 유지한다. 책도 마찬가지다. 위에서 말했듯이 책은 정신을 배부르게 한다. 우리가 다양한 장르, 많은 주제의 책을 접함으로써 우리의 정신은 건강해질 수 있는 것이다. 콩밥을 먹으면서 콩을 골라내고 밥만 먹는 것은 다양한 영양소를 포기하는 것이나 마찬가지다. 책 또한 책을 읽으면서 읽기 싫은 부분을 빼놓고 읽는다면 그것은 진정한 책읽기가 아닐 것이다. 밥을 편식하여 먹지 않듯이 책도 편식하지 않는 것이 중요할 것이다.

현대에서 우리에게 필요한 정보는 책이 아니라 인터넷과 같은 디지털 매체일 것이다. 하지만 디지털 매체는 정보를 왜곡하기가 쉽다. 그래서 인터넷으로만 지식을 찾는 사람들은 왜곡된 지식을 가지고 있는 사람들이 많다. 이러한 것처럼 우리가 확실한 정보를 가지기 위해서는 책읽기가 필요하다. 그리고 현대 문명이 발전함에 따라 점점 책에 대한 관심이 줄어들고 있다. 그럼에도 책읽기가 기초가 되는 것은 바뀌지 않는다. 인터넷이 아무리 발전해도 그곳에 있는 지식들도 책읽기에서 나왔다. 디지털 매체를 확실히 사용하고 정확한 정보를 찾기 위해서 책읽기가 필요하다. 이처럼 책읽기는 세상

살아가는 데 남들보다 유리하게 만들어 준다. 유리하게 되다 보면
세상이 발전하게 된다. 책읽기는 우리 세상의 발전을 이끌어 가고
있다고 할 수 있다.

6

책, 내 존재의 집

정미숙

보름을 향해 가는 달빛이 밝게 비추는 대숲의 기운은 서늘하다 못해 때로는 을씨년스럽기까지 하다. 면 소재지에 위치한 자그마한 빌라의 5층 창으로 바라다보는 풍경은 한 번도 무료하거나 익숙했던 적이 없는 그것이었다.

사람의 기억이란 때로 미화되기도 하고, 풍경이라는 것도 더러는 기억에 따라 각색되기도 하는 법.

내 어릴 적 기억에 각인된 선명한 풍경의 하나는, 감꽃이 흐드러지게 피어 떨어진 뒤 달빛이 비추었을 때의 모습이다. 열 살 어름의 기억이지만 그때 이미 나는 세상에는 논리로 설명할 수 없는 삶의 비의(非意) 같은 것이 존재하며, 아마도 그런 것을 좇아 철들지 않는 생을 살게 되리라는 희미한 느낌에 사로잡혔던 듯하다. 또 하나는 달빛을 등불 삼아 먼 길의 외출에서 휘이휘이 돌아오신 아빠가 품에서 꺼내 놓던 겨울의 한기(寒氣)가 채 가시지 않은 삼중당 문고들이었다. 작은 수첩만 한 크기의, 노란 표지 앞에 원형의 테두리가 쳐져 있고 그 속에 이국적인 그림이 그려져 있던 그 책들. 두껍지도 무겁지도 않았고 그리 비싸지도 않았지만, 열 살 무렵에 세상을 깨쳐 가던 아이가 그렇게 만난 『왕자와 거지』, 『알프스 소녀』, 『퀴리 부인』 같은 책들.

사람이란 그것이 누추하고 바랜 기억이라도 해도 추억을 먹고 사는 존재임엔 틀림없다. 그 기억이 이토록 오래, 30년도 더 지난 지금까지 선명하게 머릿속을 지배하고 감성의 결을 채우고 있을 줄을 그때는 몰랐으니까 말이다.

잠자리에 들기 위해 내복차림으로 숙제를 하고, 책을 보다가 외출에서 돌아온 아빠가 내놓던 책에서 받았던 느낌, 새 책이 주던 휘발유 냄새와 표지의 까끌까끌한 감촉들. 그러면 나는 그 책들을 단숨에 읽고 느낌을 옮겨 적고는 아껴 가면서 보관했던 것 같다.

그리고 도서관, 학교도서관이 있었다. 도시처럼 서점이 가까이 있다거나 부모님을 통해서 지식의 세계로 나가는 길을 안내받지 못한 나 같은 사람들에게 학교도서관은 그야말로 목마른 여행자에게 샘 같은 존재였다. 자청해서 도서관 당번을 한 뒤, 해가 설핏 질 무렵 텅 빈 도서관을 정리하고 자물쇠를 채우며 길을 나설 때, 그때 어린아이의 가슴에 벅차게 차오르던 뿌듯한 느낌들……. 아마도 나는 그런 것을 먹고 자라지 않았을까 싶다.

아침에 등교한 친구들이 모두 창문을 통해 가방을 교실에 던져 두고 나가 놀다가 종이 울려야 들어올 때, 그 아무렇게나 교실바닥에 던져진 가방들을 주워 제자리에 두고는 다시 아무렇지도 않게 책

이동 도서관

무료급식소와 보건소의 위치를 담은 '빨간' 노숙자 수첩에 이은 '주황' 컨테이너 도서관은 작가 배영환이 기획한 '무지개 프로젝트'의 두번째 작업이다. 색맹인 사람도 주황은 구별할 수 있는 것처럼 누구나 책을 볼 수 있도록 소외된 지역에까지 책을 '나누고자' 하는 것이 그 목적. 책은 사람과 공동체를 키워 주는 '봄'을 가져다준다.

을 읽고, 자습용 산수 문제를 칠판에 적곤 하던 시절이 꿈처럼 지금까지 기억에 남아 있다. 읽기는 자연스레 쓰기로 연결되어 이런 저런 교육청 주관의 대회에 나가기도 하고, 그동안 쓴 원고지를 쌓으면 내 키보다 클 것이라는 어머니 회고처럼 무지하게 원고지를 사대던 기억도 새삼스럽다. 그렇다고 그 시절부터 내가 문학의 대가나 작가를 꿈꾸었던 것은 아니었다. 막연하게 그 속에서 만난 세상을 동경하게 되었고, 현실에서 부족한 욕구가 채워지는 듯도 했으며 잘은 모르지만 인생이라는 것이 그래도 살아볼 만한 것이고, 뭔가 재미있는 일들이 많이 일어날 것이라는 기대 정도를 희미하게 가졌을 뿐이었다.

초등학교 6학년 어느 겨울, 독서감상문 발표대회 군 예선을 치르기 위해 읍내로 가는 버스를 타러 아침 해가 희미하게 밝아 오는 길을 걸어갈 때, 그때 마을 옆을 흐르던 강에서 피어오르던 안개며 삭아서 바삭거리던 갈대들의 움직임, 그리고 한기로 뿜어져 나오던 내 입속의 입김은 지금까지도 아주 뚜렷하고 선명하며 아릿한 삽화로 각인되어 있다.

이런 모든 것이 교육으로, 세상을 살아가는 적당한 처세법으로 내 자신을 꾸밀 줄 알게 되기 전의 '세상'을 알게 된 통로이자, '세상' 그 자체이기도 한 책과 관련된 몇 가지의 어릴 적 추억이다.

어릴 때부터 이런 모양으로 살았으니 사춘기 때나 철이 든 이후로나 대학 언저리를 10년 넘게 떠돌았던 지난 시간들 모두 책이라는 물건과 떼어 놓고는 나 자신을 별로 설명할 길이 없다. 이것은 자랑이랄 것도 없는 것이어서 책이란 내 존재를 반영하는 집이면서, 내가 가진 몇 권 안 되는 책장 속 책들은 단 한 시절도 나를 멀리 떠나 본 적이 없는 내 지나온 시절을 가장 잘 보여 주는 거울에 다름 아니다.

이를테면 첫사랑에 아프게 실패한 뒤 그 쓰라린 실연의 상처를 딛고 그 위에 새 살이 차오르게 도와주었던 것은 술도 새로운 연인도 아닌, 고정희의 연시들이자 「토니오 크뢰거」였다. 또, 고등학교를 졸업한 뒤 바로 대학에 진학하지 않고 3년 남짓 세상 구경을 먼저 하게 되었을 때 그 적막하고 고단했던 시절을 견디게 해주었던 것은 월급통장도 직장일의 재미도 아니었으니 오정희, 이사벨 아옌데의 소설들이었던 것이다. 그러니 내 집의 모든 책에는 갖가지 사연이 담겨 있고 내가 겪었던 일만큼의 표정을 하고 있다고 말하는 것이 옳을 터다.

지금도 무슨 일이 잘 안 풀리거나 궁금한 것이 생기면 일단 책을 통해 답을 구하고 그 속에서 길을 찾으며 그 길을 신뢰하는 편이다. 사람들과 뭔가 삐걱거린다거나 연애가 잘 안 될 때는 관계나 심리학에 관한 책들을 열심히 찾아 읽고, 어디론가 몹시 떠나고 싶은데 상황이 여의치 않을 때는 대신 여행기라도 쌓아 놓고 밑줄 그어가며 읽고 여로를 미리 그려 보고 하는 식인 것이다. 그렇게 내 나름의 살풀이를 하는 셈이다.

책은 내가 살지 않은 생을 살게 해주는 동시에, 가지 않았던 길을 책임감 느끼지 않고 탐색하며 무한정의 쾌락에 빠지게 해준다.

또한, 틀어지거나 멀어질 수 있는 사람과 달리 책은 늘 한결같은 모습으로 내가 하는 질문에 답을 주고 대화를 받아 주는 좋은 친구 이상인 것이다.

다만, 최근 들어 내가 경계하고 있는 것은 간서치(看書痴), 즉 책만 읽는 바보가 되지는 않을까 하는 것이다. 읽었던 많은 글들과 작가의 이야기, 세상의 진보와 따뜻함을 알게 해준 많은 책 속의 만남과 주장들은 내가 발 딛고 있는 일상에서 확인하고 실천하는 과정을 거쳐 온전한 나의 것으로 추동되지 않는 한 껍데기에 불과할 터.

나에게 책읽기란 작가나 등장인물에게 질문을 하는 과정이자 거꾸로 내 자신이 스스로에게 하는 엄정한 질문들, 너는 누구냐는 질문과 세상을 향한 궁금증을 던지고 답을 구하는 과정에 함께해 준 유일하고도 최선인 방법이었다. 나에게 이것 외의 방법이란 애초부터 없었는지도 모르겠다. 내게 세상에서 존재하는 마지막 날까지 버리고 싶지 않은 소망이 뭐냐고 묻는다면 조금의 주저함도 없이 평생을 책 읽는 사람으로 남고 싶다고 대답할 것이다. 이것은 연극무대에서 평생을 바친 사람이 무대에서 생의 마지막을 맞고 싶다는 것이나 별반 다르지 않으리라.

여러 가지 삶의 고단함이 우리를 둘러싸고 있고, 별로 밝아 보이지 않는 전망들로 미래를 점치는 시대이지만 우리의 의지와 낙관으로 이 불행한 시대를 헤쳐 나가야 하는 것은 너무나 당연한 일일 터이다. 그리고 그때 내 남루한 삶에 책 한 권 있어 위안이 된다면 생은 또 생각만큼 그리 쓸쓸하지는 않으리라 믿는다. 읽지 못한 책

을 쌓아만 놓고 가을이 가고 있다. 그러면서도 또 나는 하루 이틀 뒤
책방으로 외출을 나갈 것이다. 어떤 책이 내게로 올지 궁금해하면서
말이다.

2부 •

開卷有得

개권유득

책을 펴면 얻는 바가 있다

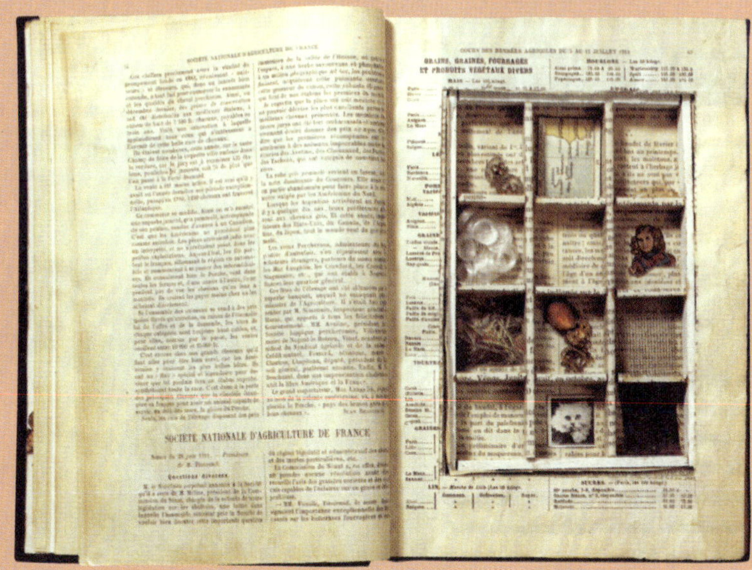

로버트 코넬, 『무제』, 1940.

책을 펴는 곳에…

스승이 없다 말하지 말라.
책에서 찾으면 많은 스승이 있을 것이다.
벗이 없다 말하지 말라.
조용히 책을 펼치면 그곳에 벗이 있을 것이다.
—이선(李選), 『지호집』(芝湖集)

7
시사주간지, 비평가의 학습지

반이정

• 책 권하는 사회, 책 태우는 사회 •

그저 한 음절 단어일 뿐인 책에 한국 사회가 부여하는 권위와 가치는 지대하다. 올해의 책, 금주의 베스트셀러, 서울대 권장도서 100선, 중고생을 위한 추천도서목록에 이어, 서열 1위인 포털업체는 각계 명사의 3분여 독서론 인터뷰를 '지식인의 서재'라는 이름을 달아 동영상 연재했다. 저질 오락물의 신천지로 실추된 포털 사이트의 위상에 만인이 의심치 않는 교양 행위 중 실세인 독서를 앞세워 균형추를 매달 속셈이었을 게다. '책 권하는 사회'라는 맹목성을 띤 구호는 열패감에 사로잡힌 개발도상국의 극성과 강박이 아닌가 싶을 때가 있다. 매주 매달 매해 사방에서 발표되는 권장도서목록은 다독 숭배의 한 증거 같다. 이와는 반대로 책에 구성원의 접근을 원천 차단하려는 조직적 만행도 그 역사가 제법 유구하다. 2008년 한국은 국방부의 금서목록 파동으로 힘없이 웃고 말았다. 그러나 켜켜이 축적된 지혜의 나이테를 한 줌 재로 불사르는 문화 파괴는 세계사를 통틀어 한시적 사건이었던 적도 국지적 현상이었던 적도 없다. 그것은 폭넓고 지속적인 시공 안에서 집요한 명맥을 이어갔다. 분서(焚書)의 만행은 최소한 기원전 3세기 중국 진시황까지 추적되며, 철권 통치의 이념적 장애가 될까 두려워 날을 잡아(1933년 5월 10일) 일시에 기만 권의 책을 불사른 나치의 분서 행위도 현대문명사는 기억한다. 1973년 칠레 아옌데 정부를 쿠데타로 무너뜨린 피노체트의 군부 역시 노상에서 이른바 불온서적을 불살랐는데, 아리엘 도르프만의 공저『도널드 덕, 어떻게 읽을 것인가』(1971)처럼 디즈니 만화를 문화 제국주의의 관점에서 읽은 책까지 포함되었다(피노체트의 쿠데타는 미국 CIA가 지원했다).

뒤집어 풀이하면 분서의 연보는 일국의 존립마저 위협할 만한 책의 권능을 수긍한 결과가 아니었나 싶다. 때문에 전 문화권에서 관찰되는 서책과 독서를 숭상하는 전통은 이해될 구석이 많다. 보급하려는 쪽과 차단하려는 쪽의 쟁투를 거치며 어느덧 독서는 권위 있는 교양 수단으로 구성원의 인식 속에 견고히 자리 잡았다. 요즘 세상에 블로그나 미니홈피는 이용자 개인의 성숙과 정체성을 가늠하는 '정신의 거주지'라 할 만한데, 산재한 오만 블로그/미니홈피의 편성을 살펴보라. 독서 관련 카테고리를 별도로 편성한 모양새를 쉽사리 발견할 수 있다. 운영자가 설령 다독가가 아닌데도 사정이 그렇다. 지적 허영의 서툰 과시이건 지적 갈망의 공개된 점검이건 독서 편력은 블로그/미니홈피의 인기 카테고리로 관리되곤 한다. 이런 현상도 필시 책읽기를 둘러싼 집단적 신뢰의 한 지표일 테다. 그래서들 많은 책을 '정복' 하려 들며 권수에 사활을 걸기 일쑤인 것이다.

나로 말할 것 같으면 매달 서른 권 내외를 소화하는 다독가나 만 권 단위로 정렬된 서재를 보유한 장서가와는 번지수가 다르다. 그렇지 만 탁자 위 노트북을 중심으로 양 옆과 뒤로 겹겹이 쌓인 서책의 장 벽을 볼 때, 외출 시 열쇠 챙기듯 책 한 권은 끼고 나서야 불안감이 사라지는 걸 느낄 때마다, 꾸준히 책을 가까이 둬야 하는 직업적 조 건에 원인 모를 뿌듯함을 느낀다. 아무튼 다독과 장서가 개인에게 유익한 점, 책 권장하는 사회가 건강하다는 상식에 대체로 동의한 다. 그렇다면 미술비평(가)은 어떤 형태의 독서와 밀접히 관계할까? 이 글의 주제다. 이에 관해 나는 약간 생소한 독서관을 보탤까 한다. 이름난 독서가들이 내놓은 독서론은 조건 없는 다독과 동서고금의 고선 밤독으로 요약되어 왔다. 이미 검증된 서책을 많이 읽으라는 것이다. 책 병풍으로 둘러친 서재를 배경으로 유력 소설가를 인터뷰 하는 방송사의 편집술이나, '올해 목표는 책 1백 권 읽기' 같은 할당 량이 부과된 공격적인 독서 포부는 그런 믿음의 결과이자 원인이다. 그렇지만 헤르만 헤세는 1930년대 쓴 산문에서, 사람들이 너무 많 이 읽으려만 든다고 불평한다. "질 좋은 시가를 피우듯 발자크를 읽 고, 신문을 보듯 니콜라우스 레나우를 읽는다"고 비유하면서 "책 속

분서(焚書)

"진시황은 책을 불태웠으니 천고의 어리석은 사람이다. 책을 진실로 불태울 수 있겠는
가. 이는 다만 죽간으로 엮은 것에 실려 있는 것만을 가지고 책이라고 말한 까닭에 불
태워 없앨 수 있다고 생각했던 듯하다. 책이란 진실로 천지와 더불어 함께 나서 장차
천지와 더불어 함께 없어지는 것이니, 어찌 불태워 없앨 수 있단 말인가. 창힐(蒼頡)과
주양(朱襄)이 태어나기 전부터 천지의 사이에는 애초에 책이 없던 적은 없었다. 시험
삼아 일찍이 동틀 무렵 구름과 바다 사이를 살펴보면 언제나 수억만 권의 문자가 있었
다. 비록 만 명의 진시황이라 한들 어찌 능히 이것을 불태울 수 있겠는가."
—홍길주, 『수여난필속』(睡餘瀾筆續)

에는 분명 가치 있는 뭔가가 감춰져 있다고 어렴풋이나마 느끼지
만", 자기 주장 없이 수동적으로 어영부영 읽어 내리는 항간의 개성
없는 독서문화에 불신을 표한다. 그리고 "인생은 짧고 저 세상에 갔
을 때 책을 몇 권이나 읽고 왔느냐고 묻지도 않는다"며 권수 불리기
식 독서 습관에 일침도 놓았다. 살짝 다른 얘기이지만 독서 행위의
종착점은 결국 실재적 삶에 기여하는 정보의 수용으로 이어질 때 비
로소 유의미하다. 때문에 독서의 범위도 책장 위로 쌓여 가는 단행
본 권수보다, 유익한 정보를 제공하는 여하한 대상과의 만남, 깊은
성찰에 이르게 하는 사물과의 대화로까지 확대될 필요가 있다. 흔히
책의 시조로 꼽는 이집트 파피루스, 메소포타미아 음각 점토판, 두
루마리, 코덱스(codex) 등 책의 여러 원조도 현대의 책과 형체는 달
라도, 정보를 나열식으로 배열한 매체였기에 책의 원형으로 대접받
는 걸 테다.

• 시사지에서 배운다 •

내가 비평의 관점을 만들고 집필 스타일을 개발할 때, 기여도에서
최상위에 놓일 책이 과연 무얼지 살펴본다. 위키 백과는 미술평론의
정의를 '미학이론에 기초하여 예술품을 비평하는 직업' 으로 규정한
다. 크게 봐 하자는 없다. 그렇지만 현장 비평에 미학적 형이상학이
필수불가결한 지원 부대로 동원되는 건 아니다. 내게도 비록 일천한
배움이지만 열거할 만큼의 애독서 목록과 부실한 대로 탐독의 계통

도는 그릴 수 있을 것이다. 고전으로 추앙된 비평 에세이와 명망 있는 논객의 전설적 논문도 몇 줄 늘어놓을 수 있다. 또 몇 해 전부터 꽂힌 진화심리학의 명저를 늘어놓고 싶기도 하다. 그러나 이 지면에선 그러진 않으련다. 보기에 따라 가히 엉뚱한 참고도서를 내 비평의 스승으로 추대하려 한다. 평소 내가 제일 자주 집어 드는 책, 시사주간지다. 자신의 숭고한 독서 편력에 잡지를 포함시킨 전례를 찾긴 힘들 것이다. 일단 격이 떨어지니까. 그래도 나는 그러려 한다. 한 주도 예외 없이 꼼꼼히 챙겨 읽고 기사에 밑줄 긋고 행간에 메모도 남긴 시사지 수백 부가 내 서가 한 구석에 꽤 빼곡히 들어찼다. 정상적 독서론의 견지에서 시사주간지는 정독 대상이긴 고사하고, 한갓진 시간을 때우는 여기(餘技)일 뿐 아닌가. 간혹 그것이 호출되는 경우가 있다. 명사의 남 다른 일과를 부연 설명할 때 정도다. 십수 종의 일간지(때론 영자 신문까지 포함하여)의 큰 제목을 훑으며 하루를 연다는 유력인사에 관한 인물 탐사를 우리는 종종 접한다. 주마간산 격으로 뉴스를 읽는 유명인의 정형성은 일간지/주간지가 소장 도서가 아니라, 손에 들려 압축된 정보를 털어준 후, 금세 폐기되는 한시적 소모품이라 웅변하는 것 같다. 제 아무리 정론 시사주간지를 표방한들 제한된 지면은 고작해야 분야별 단편 정보의 묶음만을 수용할 수 있다. 독서를 애써 서열 짓자면 시사지는 전채 요리쯤 될까. 이름이 괜히 잡지(雜誌)겠는가?

그럼에도 한낱 전채 요리인 시사주간지로부터 비평과 집필의 양분을 얻었노라고, 나는 '충격 체험수기'를 고백하려 한다. 시사지를 통해 얻은 정치·경제·사회 각 분야의 균형 잡힌 감각에 관한 거라면 아예 애기 꺼내지도 않았다. 다른 교훈이 있다. 먼저 시사지와 비평이 서로 딛고 선 지평의 유사성부터 살피자. 빛바랜 윤리마냥 퇴색했으나 이 둘 사이엔 정론직필이라는 공통 기반이 있다. 그렇지만 현장의 미술비평은 복잡하게 구조화된 성역에 갇혀 존립한다. 비평의 성역이란 거물 작가, 연륜 있는 화상, 인맥으로 얽힌 화단의 '전반적 정서'일 수 있다. 하지만 보다 근본적인 성역과 장벽은 비평(가) 내부에 도사리고 있다. 일각의 오해와는 달리 미술계의 권력을 비판한들 해당 비평가에게 눈에 띄는 불이익이 돌아오진 않는다. 그럼에도 비평가가 성역들을 '지켜 주는' 까닭은 글과 말로 비평 대상을 꼬꾸라뜨린 승리의 기억을 가져 보질 못해서다. 평문(評文)은 많지만 진정한 전투력을 탑재한 평문은 드물다. 때문에 자신만의 비평 색채를 과시하고 동료 평론가들과 변별할 목적에서 공격 수위가 높은 글을 투고하는 이는 있을지언정, 타격 대상에 집요하게 매달려 끝장을 보는 '근성 가이(guy)' 평론가는 없거나 드물다. 그도 그럴게 예술의 갑론을박에서 판단의 객관화란 매우 난해한 문제다. 미술품도 비평도 모두 모호함의 장막 아래 서식하기에 논리적 책임으로부터 간단히 면책을 얻는다. 사정이 이러하니 비평(가)은 '균형과 중립'이라는 모호한 직업윤리 뒤에서, 싱겁고 위력 없는 헛발질로 책임을 대신하기 일쑤다. 그것이 비평의 한 습속인 양 정착되고 말았다. 비평 대상이어야 할 작가나 기획자의 지명도에 맞춰 비평의 수위도 결정되곤 한다(면 믿겠는가?). 비평에 유의미한 권위가 있을

리 만무하다. 이에 비해 내가 열독하는 정론 시사지 기자들은 사회 최고위급 인사를 비평 대상으로 조준한다. 대선 후보로 거론된 다선의 현역 정치인, 언론사를 통째로 마비시킨 대형교회 담임목사, 여전히 1970년대를 사는 군복차림의 극우단체 상임대표, 어떤 법 조항도 제지할 수 없는 재계 서열 일인자, 거기에 심지어 현직 대통령까지 그들은 겨누고 또 겨눈다. 방식 또한 가차 없고 가혹했고 후환은 염두에 두지 않는 듯 용맹했다. 물론 미술비평과 시사비평은 같을 수 없다. 그렇지만 제도권 미술 평단의 치부와 상처를 되돌아볼 만한 자극이 될 수 있다. 나는 전업 비평가로 등단하기 수 년 전부터 시사주간지의 열독자로 오랜 '수련 기간'을 거친 셈이었고, 제도권 미술 평론의 무력감에 이미 진저리가 난 상태였다. 투르 드 프랑스 7 연패의 영웅 랜스 암스트롱은 부진에 빠질 때면 애팔래치아 산맥 고지대인 분(Boone)을 찾을 거라 말한 적이 있다. 맹훈련을 마치고 올려 본 고지대에서 영적인 기운이 맴도는 성지의 인상을 얻었노라 그는 고백한다. 비유가 무거워졌는데 매호 받아 보는 시사주간지는 비평이 '모호성의 안전망'에 안주하지 않도록, 나의 비평 기백을 테스트하는 학습지 같다(더욱이 매주 정기적으로 날아온다). 글과 말을 직업의 매질로 삼는 내게 존재론적 질문은 미학이론서나 미술계 현장보다 매호 시사주간지의 독점 인터뷰나 커버스토리를 접할 때 더 절실해진다. 시사지는 지난 한 주의 압축된 소식지 이상이다. 그것은 비평 태도와 직업적 존립에 관한 신중한 질문지이다. 비평가도 마감 앞 둔 원고 앞에서 속도를 못 내는 자신의 무능을 책망하며 무너진다. 이때 힘이 되는 건 미학 이론서가 아니다. 위기 극복의 현명한 처세를 담고 있는 잡지의 기획 기사에서 기묘한 힘을 얻는다. 일본 사회학자 우에노 치즈코도 지적했듯 연구자의 세계는 만나는 사람이 전부 잠재적 경쟁자다. 때문에 위안은 긴장의 끈이 느슨한 '분야가 다른 세계'에서 얻는 것이 옳다. 내가 시사지를 한 부도 버리지 않고 고이 모셔 두는 이유다.

• 제도 예술계 울타리 너머 •

시사주간지 열독과 집필 사이의 유기성을 몇 개 더 열거하면 이렇다. 현대미술이 제도권 미술관의 울타리를 넘어선 지 한참 된 일이지만, 그건 어디까지나 미술사의 사문화된 기록으로서 그렇다. 창작 결과의 다수는 여전히 미술관 울타리 안에서 보호받고 전시되며 감상되고 논의된다. 자연스레 전업 평론가에겐 비평 대상을 제도권 예술 안의 것과 밖의 것으로 양분하고 사유하려는 습성이 짙다. 자기 직업의 변별화야말로 그와 그의 일(비평)을 세상으로부터 특화시키는 부수효과를 누리게 하기 때문일 게다. 미술(비평)의 폐쇄성은 그것이 전시되는 미술관/화랑의 닫힌 구조와 무관하지 않다. 물론 미술관 안의 사물과 밖의 사물은 대체로 다른 용도로 제작되기 마련이라 이 분류법이 마냥 비난받을 건 못된다. 그렇지만 이것은 자칫 예술제도권 안의 것은 미학적 잣대로, 그 외의 것은 전혀 상이한 잣대가 필요한 것인 양 강요할 수 있다. 예술과 삶은 바로 이런 편견 때문에 격리된다. 일상적 삶에 침투한 무시 못할 시각 정보도 비평 대상으로 간주하지 않는다면, 그것은 우를 범하는 것이다. 이해를 돕고자 2008년 한국사회에서 벌어진 괴이한 사회적 스펙터클을 예로 들어 본다. 그 해 6월 서울경찰청은 세종로 사거리에 청와대 방면으로 진입하려는 시위대를 차단하려고 총 무게 48톤에 달하는 컨테이너 박스를 용접으로 축조했다. 위키 백과에도 등재된 '명박산성'('통곡의 벽'이라 불리기도 함)이다. 같은 해 시위군중의 결집 장소였던 서울광장은 아예 그 테두리를 경찰버스로 둘러쳐 '차벽'을 형성했다. 시위 저지를 위한 경찰의 두 고안은 제도권 예술계 외곽에서 발생한 사태여서 사회란에 다뤄졌다. 하지만 이 사건을 시민 자격이 아닌 직업 비평가로 개입할 여지는 없을까? 명박산성과 차벽은 2008년 이후 급변한 한국사회의 정국을, 도심의 주요 지형지물을 통해 시각화한 일견 대형 조형물이다. 관이 개입한 공공조형물보다 당대 현실을 가장 제대로 투영한 신 공공조형물로, 공안 통치의 기념비로 읽을 여지가 많다. 매머드 급 규모, 웅장한 볼거리, 무엇보다 시위군중의 허를 찌른 기상천외한 발상까지 모든 면에서 예술품을 능가하지만, 그것이 공공의 가치에 반해 통치 이념을 관철하는 데 동원된 배후로부터 구시대 '관제 예술'과 다를 바가 없게 되었다(물론 이 자리에서 깊게 논할 주제는 아니다). 시위 차단용 구조물을 조형적 관점에서 기사를 쏟아낸 곳은 나 같은 전업 평론가보다 일선 정치 사회부 기자가 한발 먼저였지 싶다. 정치적 사물로부터 유사 조형 언어를 읽는 것과, 건조물의 배후에서 정치적 의도를 찾는 것은 서로 분리되지 않으며 분리해서도 안 된다. 정체된 대상을 연구하고 논하는 미술비평이 예측 불허의 사회적 현안을 분석 보도하는 시사지의 영향력을 무시 못하는 이유이다. 순발력을 갖춘 시사보도를 통해 비평의 지평을 미학적 대상에서 정치 사회 현안까지 유연하게 수용하는 것이 건강한 비평, 이성적 비평이다(그걸 성공적으로 병행하는 극소수 평론가 중 일인이 진중권이다).

시사주간지가 비평에 미치는 또 다른 영향이 있다. 시사주간지는 종합일간지에 비해 발행 주기상 일간지나 공중파 뉴스보다 신속성은 뒤지지만 밀착 취재로 탄탄한 정론 보도를 보장 받는다. 또한 애써 주간 뉴스까지 챙겨 볼 독자라면 고학력 교양인일 공산도 높다. 고급 독자의 까다로운 취향을 충족시켜야 하는 주간지 기자는 기사의 완성도와 탁월한 필력을 모두 만족시켜야 한다. 무조건 쉽거나 재밌는 기사가 능사인 게 아니다. 미술비평도 매일반이다. 고급 정보와 독보적인 해석, 거기에 읽는 재미를 채워 넣어야 좋은 평론이다. 시사지 기자는 당대의 유행을 진단하고 동시대인의 취향을 감식하고 시대의 주제어를 뽑아 내야 한다. 당대적 주제, 수려한 문체, 논리적 완성도가 열독자를 키운다. 때로 이것은 미술비평이 참조해야 할 글쓰기의 기본 덕목이다. 경직된 표현과 상투적 전문 용어로 요약되는 상당수 미술비평은 새 숨을 쉬어야 한다. 상대적으로 독자 배려에 둔감해도 생존에 위협을 받지 않는 조건이야말로 미술비평(가)의 고립을 촉진한다.

시사지가 현실 정치의 문제를 쟁점으로 다룬다는 사실로부터 또 다른 글쓰기의 교훈이 도출된다. 유력 정치인의 흥망성쇠는 그가 쏟아낸 어록과 무관하지 않다. 경우야 다르겠지만 정치인도 비평가처럼 언어를 통해 지지기반을 관리한다. 언어는 곧 그의 정치력이요, 유권자와 연결되는 채널이다. 달변과 필력은 정치생명 연장과 직결되는 최선의 개인기다. 하지만 달변만이 전부일 순 없다. 그가 처한 여건과 지위에 따라 고도의 언어 정치를 구사할 때 생존과 직결될 수 있다. 당대표와 이른바 '저격수'의 언술은 필시 다르며 또 달라야 한다. 저격수처럼 정적에게 직격탄을 날리는 당대표에게 유권자는 불안을 느낄 것이다. 당대표마냥 신중하게 단어를 고르는 저격수라면 이미 저격수로서 자격 미달이다. 비평가의 존망도 세심한 언어 사용, 호흡 조절, 힘의 안배와 밀접하다는 점에서 정치인의 언어와 다르지 않다. 정론직필은 비평의 혼이지만, 보편타당한 해법인 것만은 아님을 노련한 논객이라면 안다. 정론직필은 심심찮게 비평 상대와 비평가 사이를 감정적으로 갈라놓는다. 둘 사이의 불화를 대가로 사태(비평이 노린 바)가 호전되었다면 좋으련만 그렇지도 않다. 몇 마디 말로 정치력을 겨루는 현실 정치판의 생생한 모습은 분야가 상이한 비평가에게조차 튼실한 참조가 될 수 있다. 투명한 의정 활동과 논리적 화술을 갖춘 정치인은 낙선하고 불법 유세와 이념 공세로 더러운 승리를 거머쥔 구태에 사로잡힌 정치판을 지켜보더라도, 비열한 정글에서 긴 호흡으로 사태를 관망하는 법을 배워야 한다. 비평(가)의 생존도 단말마적 단거리와 함께 장거리 경주를 통해 넉넉하게 완성된다. 소신을 저버리지 않는 선에서 비평도 정치력을 필요로 한다. 미술비평가도 현실 정치가 지배하는 사회의 일원으로 살아간다.

나는 시사주간지를 음식의 전채 요리에 비유했다. 제 아무리 정론 시사지여도 깊이보다는 신속성과 간결한 통찰력에 치중하기 마련이다. 예술 비평과 다른 지점일 수밖에 없다. 때문에 비평의 '교재'로 시사주간지 열독만이 능사는 아니며 그런 주장을 하려고 이 글을 쓴 것도 아니다. 시사지의 가공된 정보에 달콤하게 안주하면 글쓰기에 발전이란 없다. 보다 깊은 내공을 위해, 시사지가 제공한 1차 문헌을 살피고 깊이를 키워야 한다. 거듭 말하거니와 시사주간지는 전채 요리다. 비평의 철학과 윤리와 관련하여 영감을 주는 것이지, 콘텐츠의 깊이까지 넓게 보장하는 건 아니다. 직업 평론가인 내게 시사주간지는 크게 네 가지 점에서 사표가 되어 왔다. 첫째 정론 직필의 비평 태도. 둘째 제도권 예술계의 영역 너머로 비평 대상을 확장시키는 유연성. 셋째 감각적 글쓰기 훈련과 독자의 요구를 읽는 민감 지수 향상. 넷째 비평 행위를 장거리 경주로 간주하고 때로 정치적으로 사유하는 융통성. 이 정도 되면 미술평론가뿐 아니라 글과 말을 다루는 여타 직업군도 시사지에서 비슷한 교훈을 얻으리라 자부한다. 왜냐하면 시사지는 어디까지나 동시대 현안을 다루는 매체이고, 우리 모두는 동시대를 살아가기 때문이다.

덧붙임 : 본문에서 숱하게 '정론 시사지'라는 표현을 썼다. 이에 책임 있게 답하는 편이 낫겠다. 매주 수십 종의 시사지가 서점에 깔린다. 한데 정작 필자가 염두에 둔 정론지는 이 가운데 고작 서너 부일 것이다. 개인의 세계관이 반영된 판단이지만 내가 생각하는 정론지를 밝힌다. 국내 시사주간지 역사에서 가장 오랜 전통을 자랑했으나, 2007년 편집권 독립 파동을 겪고 새 이름으로 복귀한 『시사IN』과, 15년 역사의 『한겨레21』(1994년 창간)이 내가 꼽는 정론 시사지다. 소속 기자들의 평균적 문장력, 보도 객관성, 표지와 내지 디자인(이건 『한겨레21』만 해당), 신뢰도 등등 모든 면에서 그렇다. 이는 언론사 신뢰도에 대한 여론 조사들이 뒷받침하는 결과이기도 하다. 참조가 되었길 빈다.

8

책읽기, 세상으로 나가는 길

박은희

'책을 읽어야 한다. 책을 읽어야 교양 있는 사람이 된다.' 우리가 어린 시절부터 성인이 되어서까지 줄기차게 들어 왔던 말들이고 관념적으로 우리 안에 내재되어 있는 말들이다. 책읽기를 멀리하는 사람 입장에서 책을 읽고 있는 사람을 보면 무언가 모를 형언하기 어려운 부러움이나 위화감을 느낀다. 일종의 박탈감일 수도 있다. 저 사람이 쌓고 있는 지식이나 교양을 나는 얻고 있지 못하는 데서 오는 자괴감이다. 우리나라의 학력주의와 같은 맥락에서 이해될 수 있다.

그런데 책을 읽지 않는 것은 일종의 학력 콤플렉스와는 좀 다른 의미를 지닌다. 우리나라의 가방끈이라는 것은 책을 읽지 않아도 얻어지는 교양이다. 교과서나 참고서 등을 줄기차게 파는 것은 책을 통해서 얻는 가치와 다른 것이기 때문이다. 소위 학교 공부라는 것은 우리에게 생각의 기회를 주지 않는다. 최근 들어 논술의 중요성이 거론되고 있긴 하지만 지식의 전당인 대학에서조차 자신의 내면을 들여다보기 위한 독서보다는 학업유지와 졸업 후 취업을 위한 죽은 독서가 보편화되어 있다. 독서와 사색, 토론과 같은 가치는 이미 무용지물이 된 지 오래되었다. 무엇이든 자신이 중요하다고 생각되는 가치에 관한 글읽기와 이에 대해 생각하기, 또 그에 대해 다른 이들과 열띤 토론을 하는 것은 밥을 먹고 좋은 일터에서 일하는 것만큼, 아니 그보다 더 훨씬 중요하다.

이것은 곧 진정한 책읽기는 생각을 정리하고 자신을 돌아보는 것 이외의 다른 무엇을 위한 수단이 될 수 없다는 말이 된다. 자신이 추구하는 진정한 가치가 무엇인지, 이 세상에서 살면서 중요하게 생각해야 할 것이 무엇인지, 우리가 지켜 내야 할 소중한 것들이 무엇인지에 대한 진지한 고민이나 성찰이 없는, 그저 짧은 지식이나 얻고 그로 인해 더 유리한 고지를 점령하기 위한 독서는 죽은 독서, 쓰레기 독서와 같다. 그와 같은 독서를 하면 독서를 왜 해야 하는지에 대한 근본적인 필요성을 얻지 못하기 때문에 순수한 독서의 즐거움도 역시 얻을 수 없다.

거창하게 생각할 것 없이 독서는 그 자체로 이미 우리에게 즐거움을 준다. 인터넷 문화가 발달하여 사이버상에서 다른 많은 사람들을 접하는 것이 우리에게 즐거움을 주는 것 같지만 실상 그들의 속까지 알 수는 없는 노릇이다. 자신의 내면도 모르는데 피상으로 접하는 다른 이들의 진정한 속내까지 어떻게 알겠는가. 과거의 역사 속에서 치열한 삶을 살다 간 사람들이 무슨 생각을 했는지, 또는 나와 동시대를 살고 있지만 나와 다른 삶을 살아가는 다른 사람들이 어떤 고민을 하며 살아가는지를 공유하면 지금 내가 어디에 서 있는

지를 알 수 있게 된다. 내가 경험하는 것만을 기계적으로 되풀이하는 것만큼 지루하고 불행한 삶도 없다. 세상에는 다양한 가치, 다양한 삶, 다양한 사람들이 있다는 것과 이것들을 아우르는 공통점을 발견하는 것이 바로 독서의 즐거움이다.

세상이 편리해진 만큼 사람들은 즐거운 일들도 쉽게 하려는 경향이 있다. 조금이라도 피곤하거나 골치 아픈 일은 즐거운 일이 아니라고 여긴다. 단순한 승패를 요하는 컴퓨터 게임이나 자극적이고 화려한 TV 프로그램이 독서보다 더 인기를 끄는 까닭이다. 물론 TV 드라마는 여느 소설 못지않게 재미있고 때로는 감동도 준다. 그러나 특별히 주의를 기울이지 않아도 이야기가 전개되는 과정을 흘리듯 알 수 있고 별다른 생각을 하지 않고 보아도 대략 넘어간다는 점에서 이는 독서와는 다르다. 한 자 한 자 의미를 생각하며 읽어야 하고 간접 경험이지만 보다 직접적인 경험에 가깝게 다가오는, 즉 한 줄 한 줄 저절로 읽어지는 것이 아닌 능동적이고 적극적인 독서야말로 드라마와는 차원이 다른 즐거움을 준다. 또 어떤 이야기 속의 주인공이 우리 눈앞에 현실의 사람처럼 배우라는 이미지로 등장하는 것은 우리들의 상상력을 제한한다. 그 이야기 속의 주인공은 그 배우의 이미지로만 기억되는 것이다. 그러나 소설로 만나는 주인공은 우리의 머릿속에서 그 이미지를 얼마든지 상상할 수 있다. 생김새, 풍기는 느낌, 표정 등을 그리며 읽는 즐거움은 이미 정형화된 배우로 보여 주는 드라마 속 인물보다 더 큰 상상의 즐거움을 준다.

현재 자신의 삶에 만족하지 않는 사람이 있다고 하자. 그 사람은 지금 너무 불행하다. 우울증도 앓고 있다. 가족이나 친구들과도 원만하지 않다. 또한 내성적이고 소심한 성격이라 일 외적으로 사람들을 만나기 기피하는 사람이다. 그러나 마음속에서는 한없는 외로움을 느끼고 누군가와 소통하고 싶은 욕구가 가득 차 있다. 만약 이렇게 고립되어 있는 사람이 세상과 소통하기 위해, 이런 어렵고 외로운 상황을 극복하기 위해 할 수 있는 일은 무엇일까. 누군가 타인이 이 사람을 도와주면 좋겠지만 각박한 세상살이에 지친 다른 사람들이 이를 먼저 나서서 돕긴 어려울 것이다. 이 사람이 스스로 다른 이의 도움을 구하기 이전에 말이다. 그렇다면 이 사람이 가장 손쉽게 자아를 찾을 수 있는 방법 중 유력한 하나가 바로 독서다. 다른 많은 방법도 있을 것이다. 그러나 이 사람은 소심하고 내성적이라 다른 사람들을 직접적으로 만나는 것이 부담스럽다. 많은 사람들 속에 던져지는 것은 이 사람에게는 거의 고문에 가까운 형벌이다. 그렇다면 먼저 신문을 꾸준히 읽는 것이 좋다. 신문에는 다양한 정보가 있으므로 이 사람이 필요한 정보도 얻을 수 있다. 가령 병원에 가지 않고도 우울증을 치료할 수 있는 방법이라든지, 평소에 관심이 있었던 분야에 대한 새로운 정보를 알게 된다든지 하는 따위는 이 사람의 우울한 마음에 활력을 줄 것이다. 소외되어 있는 자신이 살벌한 세상 사람들 틈에 어떻게 들어갈 수 있는지 나름대로 방법을 터득할 수도 있게 된다. 그리고 시간이 날 때마다 소설이나 산문집, 에세이 등을 읽으며 타인의 삶을 들여다봄으로써 자신의 삶도 돌아보게 되고 자신의 삶을 변화시키고자 하는 의지도 생길 수 있다. 소심하고 내성적인 이 사람이 세상과 왕래할 수 있는 가장 쉽고 올바르며 즐거운 일이다. 물론 그 즐거움을 스스로 만끽할 수 있어야 하겠지만 말이다.

이것이 가능하기 위해서는 어릴 적부터 아이에게 독서의 즐거움을 알게 해주어야 한다. 교육만큼 훌륭한 훈련도 없다. 습관은 교육에서 비롯된다. 밥 먹을 때 지켜야 할 예의, 하루 세 번 양치하는 습관을 길러 주듯이 독서하는 습관을 길러 주는 것이다. 게임을 하거나 만화를 볼 때보다 책을 손에 잡고 있을 때 더 많은 애정을 표현하며 칭찬을 해주는 것은 아이들이 독서를 습관처럼 자연스럽게 여기게 만들어 준다. 그런데 이때 주의할 점은 다른 무엇을 위해 책을 읽게 하는 것이 아니라는 것을 교육자가 깨닫는 것이다. 영어공부를 하기 위해 영어책을 읽게 하고 논술을 잘하기 위해 문학을 읽게 함으로써 아이에게 독서 그 자체로 즐거움을 얻게 하는 것이 아닌, 다른 목적을 위한 수단으로 독서를 인식하게 하면 안 된다는 것이다. 독서가 수단화되면 그 순간부터 독서는 즐거운 것이 아니게 된다.

그러나 독서가 수단이 되어도 좋은 유일한 경우는 앞에서도 언급하였듯이 소통을 위한 독서였을 때이다. 우리는 때로 내 생각 안에 갇혀 있을 때가 많다. 가족이나 다른 이들과 종종 갈등을 겪게 되는 것도 바로 이 자신 안에 갇혀 있는 자아를 그대로 두고 있기 때문이다. 그야말로 독불장군이 되기 쉬운 것이다. 또 특별한 마당발이 아닌 다음에는 자기가 주로 만나는 사람들의 이야기만 듣게 된다. 자기가 속해 있는 문화 속에서만 소통하는 것이다. 그 안에서는 나름 생각의 범위를 넓힐 수 있을지 모르나 거기에는 분명히 한계가 있기 마련이다. 여행을 가서 새로운 것들을 접할 수도 있겠으나 그 새로운 것들이라는 것도 결국에는 가이드가 소개하는 내용에 한정되어 있거나 자기가 보고 싶은 부분에 제한되어 있을 수 있다. 가이드가 없거나 여행의 기한이 없는 자유로운 여행이 아닌 경우가 대부분이기 때문에 그렇다.

타인과 소통하기 위한 방법 중 독서는 여행이나 다른 방법들에 앞서 가장 기본적이고 손쉬운 길이다. 처음엔 그저 책을 손에 들고 읽기만 하면 된다. 다른 아무 편견 없이 작자의 견해를 이해하고 난 다음 나의 생각과 비교하면 된다. 거기에는 머리 아픈 말싸움이나 거추장스러운 허례허식이 끼어들지 않는다. 진실로 타인의 이야기를 궁금해하는 열린 마음만 있으면 되는 것이다. 그것이 바로 잘난 내 안에 갇히지 않는, 나에게 관용과 타협과 속 깊음, 배려, 이해심이라는 선물을 스스로에게 선물할 수 있는 빠른 지름길이다. 책 안에는 또 다른 내가 있을 수도 있다. 그 안에는 끊임없이 외로움에 시달리는 나 자신이 있을 수도 있고 내 영혼이 갈구하는 영혼의 동반자가 있을 수도 있다. 아니면 내가 싫어하지만 이해하고자 하는 그 어떤 이가 들어 있을 수도 있다. 책을 읽으며 그 안에 살아 숨쉬는 누군가들을 만날 때 우리는 더 이상 외롭지 않다. 이런 이유 하나만으로도 우리는 책을 통해 충분히 자신의 삶을 위로받을 수 있다. 위로받는 삶이란 분명히 행복한 삶일 것이다.

우물 안 개구리가 드넓은 바다를 꿈꾸다

곽동운

'맞아, 바로 그거야!' 처음 그린비에서 내준 '숙제'를 받아 보았을 때는 먼저 이런 감탄사부터 흘러나왔다. 왜 읽는가? 나름대로 책 좀 읽었다고 자부했던 나였기에 이런 물음들이 낯설지는 않았다. '뭐 그렇게 따지나. 그냥 읽으면 좋은 거 아닌가? 한국처럼 책 안 읽는 사회에서 돈 주고 책 사서 읽는다는 게 어딘데!' 라는 직설적인 카운터펀치에 최소한의 방어는 하고 싶었다. 나는 왜 읽지? 개똥철학이라는 비아냥거림을 들어도 다른 사람들한테 내가 왜 독서를 하는지에 대한 나름대로의 '썰'을 풀고자 나름대로 노력한 것도 사실이다. 그런데 막상 '왜 읽는가'에 대한 글을 쓰려고 하니 '욕지기'부터 나왔다. 아니 그린비에서는 왜 이리 어려운 '숙제'를 내놓았단 말인가? 이건 위대한 철인(哲人)이나 사상가들에게나 어울릴 법한 주제 아닌가. 이렇게 극히 추상적인 주제에 대한 답은 항상 '잘해 보자' 하는 식의 상투적인 이야기들로 귀착되는데 그린비에서 어쩌자고 이런 감당하기 힘든 주제를 내놓았단 말인가? 그래 그래. 세상일에는 답이 있는 것보다 없는 게 더 많다는데 너무 어렵게 생각하지 말자. 너무 겁먹으면 한 줄도 제대로 못 쓸 테니까. 인문사회과학에는 답이 없다는데, '왜 읽는가?'에 대한 해답은 더더욱 없을 것이다. 그린비 측에서도 무슨 명쾌한 답을 요구하지는 않는 듯싶다. 그냥 내가 생각하는 것을 쓰겠다. 왜 읽는지에 대한 내 스스로의 물음에 대한 내 자신의 답을 써 볼란다.

내가 책을 읽었던 방식은 음악을 듣던 방식과 비슷했다. 누구나 그러하듯이 나도 처음에는 TV 가요프로의 순위를 선곡의 기준점으로 삼았다. 그후에는 자연스레 FM 라디오로 주파수를 맞췄다. 이때부터 '음악이 뭐니', '이 가수는 어쩌느니' 하는 식의 말들을 하며 폼 좀 잡았다. 그러다 음반가게를 들락거리고 『핫 뮤직』과 같은 음악잡지를 구독했다. 거기에 나오는 팝뮤지션들을 추앙하며 TV 가요프로에 나오는 가수들을 손가락질했다. 어설프게 외운 록 음악 계보를 들이대며 댄스 가수들과 댄스 음악을 듣는 사람들을 무시했다. 개구리가 올챙이 적 시절을 완전히 포맷시킨 셈이다.

책도 마찬가지였다. 신문에 대문짝만 하게 난 책 광고나 누가 유명하다고 추천하는 책을 먼저 손에 들었다. 내가 읽은 책들은 거의 다 통속성이 강한 것들이었지만 그게 독서의 정석인 줄 알고 그냥 읽었다. 그러다 어느 어느 기관에서 추려 놓은 '권장도서'로 내 발길은 자연스레 옮겨 갔다. 권장도서를 읽으며 폼 좀 잡다가 '참고문헌' 편에 걸려 있던 두꺼운 사회과학서적을 집어 들었을 때는 목이 뻣뻣할 정도로 기고만장해졌다. 나의 기고만장은 '헌책방 순례'로 절정에 다다르게 된다. 서울에 있는 헌책방을 다 찾아다니면서 스스로에게 '내가 걷는 이 길은 선지자(先知者)들이 걸었던 지식의 길이요, 지혜의 길이다'라고 주문을 걸었었다. 내 스스로가 생각해봐도 상당히 재수없지만, 그때는 무슨 생각으로 그런 오만방자한 착각에 빠졌었는지 지금도 이해가 안 간다.

내 책읽기의 전환점은 글쓰기를 시작하고 나서부터다. 이전에도 난 일기쓰기를 하거나 신문·잡지에 종종 투고를 해왔으니 글쓰기가 '대'(大)전환점이라고 자처하기에는 억지스런 면이 있다. 또한 내가 전문 작가나 전업 소설가로 나선 사람도 아닌데 완성도 높은 글쓰기가 나올 리 만무하지 않은가? 어쩌면 글쓰기의 시작을 독서 스타일의 전환점으로 삼은 것도 내 오만함의 다른 버전이라는 생각이 든다.

여기서 말하는 글쓰기는 정확히 서평이다. 학창 시절 선생님의 닦달 때문에 억지로 썼던 독후감과는 좀 다르게 접근해야겠다는 생각으로 서평을 써 봤다. 그런데 주위에서는 그저 그런 평범한 '독후감'이라며 아주 싸늘하게 반응했다. 어떤 이는 다시는 서평을 올리지 말라는 식으로 악담을 퍼붓기도 했다. 여기서 잠깐 전후 사정을 부연하자면 난 서평을 써서 인터넷 서점 게시판에 올렸었다. 서평을 처음으로 올렸을 때가 국내에서 벤처거품이 꺼져갈 무렵이었으니 난 국내 '독자서평' 분야로만 치면 1세대 축에 낄 수 있을 것 같다.

온라인 서평 쓰기로 내 지식을 다른 사람들과 함께 공유해 보자는 시도는 보기 좋게 참패했다. 그나마 선플(?)이라고 여겨졌던 댓글도 나중에 알고 보니 내 여자친구가 남몰래 달아 놓고 갔던 것이다. 그렇게 첫번째 도전이 처참했어도 난 기죽지 않았다. 읽는 것과 쓰는 것은 좀 다르다는 생각을 했었고, 내공을 더 키워서 내 서평이 다른 사람들에게 호평을 받을 수 있게 하고 싶었다.

내공을 키우기 위해 난 다른 사람들의 독서 스타일을 관찰하기 시작했다. 소문난 책벌레들은 무슨 책을 어떻게 읽는지를 지켜봤다. 또한 그들이 어떤 식으로 자신이 읽는 것을 소화했는지를 유심히 지켜봤다. 남이야 어떻게 읽든 말든 내 독서 스타일이 중요한 게 아닌가, 하는 생각은 잠시 접었다. 처음에는 똥고집이 발동하여 '음……이 사람도 별 거 아니네. 내가 읽은 거랑 거의 비슷하게 읽었군!' 이런 반응부터 나왔다. 그러다 '옳거니!' 하고 내 무릎을 치는 횟수가 늘어나기 시작한 것이다. 독서의 대가들은 독서를 할 때 편견 없이 읽는 듯싶었다. 그들은 책을 읽으며 작자의 의중까지도 읽어 내는 듯싶었다. 그런 식으로 책벌레들의 독서습성을 관찰해 보니 내가 얼마나 작은 공간에 머물러 있었는지 깨닫게 되었다. 올챙이 시절을 포맷해 버린 개구리가 자신의 우물이 드넓은 바다 그 자체라고 착각했던 셈이다. 지금 생각해 보면 그저 쓴웃음만 나온다.

요즘도 음악은 좀 편식해서 듣는다. 아무리 그 가수가 유명하다고 해도 음악성이 아니다 싶으면 잘 듣지 않는다. 하지만 특정 장르의 음악에 대해 경멸하는 태도는 버렸다. 음악을 들었을 때 공감할 수 있다면 그걸로 족하다는 생각으로 변했기 때문이다. 안치환의 「평행선」을 들으면서 인생에 대해 이야기를 할 수도 있고, 원더걸스의 「텔미」를 부르면서 텔미댄스를 출 수도 있다고 생각했다. 더불어 '사랑 노래' 에 대한 편견도 허물어졌다. 김광석 노래를 귀가 닳도록 들으며 그를 '광석이 형' 이라고 호칭했지만 김광석 음악 중에 단 하나 아쉬웠던 게 있었다. 그의 노래 중에 사랑 노래가 너무 많다고 생각했기 때문이다. 밥 딜런이나 레이지 어겐스트 더 머신(Rage Against The Machine)같이 아예 저항성만 담았으면 하는 바람이었다. 김광석에게 흔하디 흔한 사랑타령은 어울리지 않는다고 생각했었다. 그러나 그것도 어리석은 생각이었다. 음악이라는 것은 우리의 삶을 노래하는 것이 아닌가. 「광야에서」가 우리의 삶이라면 「그녀가 처음 울던 날」도 우리의 삶이다. 사회 모순에 대한 비판도 필요하고, 가슴 떨리는 사랑의 설렘도 필요한 게 우리네의 삶이 아닌가? 그렇게 생각이 바뀌니 들을 만한 노래가 많아졌고 공감할 수 있는 기회도 많아졌다. 넓어진 만큼 더 넓게 느낄 수 있게 된 셈이다.

　책읽기든 음악이든 난 그것들을 통해 넓어지고 싶다. 그래서 몇 해 전부터는 깊이 있는 책읽기보다 넓어지기 위한 책읽기를 추구하고 있다. 깊이를 따지며 읽기에는 내 자신의 내공이 많이 부족한 게 사실이다. 내공이 부족한 만큼 자칫하면 그 깊이에서 헤어 나오지 못하는 불상사가 일어날 수도 있다. 깊어져서 넓어질 수도 있지만 '깊이' 에만 매몰되어 다시 우물에 갇히는 개구리 신세가 될 수도 있으니까. 한편 넓어지면 자연스레 깊어지지 않을까 하는 바람도 있는 게 사실이다. 점점 넓어지다 보면 어느새 드넓은 바다에 도달하게 되고 진짜 세상을 만나게 된다는 그런 믿음 말이다.

『감옥으로부터의 사색』을 쓴 신영복 선생님의 말대로 넓은 바다는 아래에 있기 마련이다. 모든 것을 담고 있으려면 당연히 아래에 있어야 한다. 독야청청했던 1급수든 대도시의 수돗물이었든 천불동 계곡의 조약돌이었든 바다는 이유를 묻지 않고 다 받아들인다. 그렇게 넓은 포용력 덕택에 나 같은 우물 안 개구리도 바다를 꿈꾸는 것이다.

불과 얼마 전까지만 해도 오만방자했던 내 책읽기는 지금은 이렇게 바다로 향하고 있다. 세한고절(歲寒孤節)이나 아취고절(雅趣孤節)이란 말을 되뇌며 위로만 향했던 책읽기에서 벗어나니 마음이 한결 홀가분해졌다. 난 이제 아래로 향하는 것을 두려워하지 않는다. 바다에 도달하려면 아래로 내려가야 하니깐. 물이 바위를 만나면 돌아가는 것이 비겁한 행동이 아니라 세상의 순리이듯 넓어지기 위해서는 아래로 가야 한다. 그렇게 그렇게 아래로 내려가다 보면 시냇물을 만나고, 강물을 지나겠지. 그러다 결국 큰 바다에 도착할 테고. 자기만의 세계에서 살던 우물 안 개구리가 바다에 도착하면 기념으로 '만세' 삼창을 외쳐 줘야겠다.

바닷가에서…

바다 : 개구리야! 이렇게 말하면 미안한데…… 너 스스로가 정말 별

거 아니라는 걸 잘 알고 있었으면서 왜 그리 목에 힘주고 다녔어?

개구리 : 너무 그러지 마세요. 저도 그게 싫었어요. 괜히 들통날까 봐 나중에는 다치지도 않았는데 일부러 목에 깁스까지 했어요.

바다 : 지금은 어떤데?

개구리 : 깁스도 풀구요, 그냥 제 모습 다 보여 주려구요. 이게 편하네요.

바다 : 그래 그래, 잘했다. 너무 자책하지 마. 보이지! 저 깁스들……. 너만 그런 게 아니었어.

개구리 : …….

10
책은 영양소

임진옥

책은 흔히 "정신의 음식이다" 또는 "마음의 양식이다"라고 한다. 육체적인 건강 못지않게 정신적인 건강이 매우 중요하다는 것은 자명한 사실이다. 육체적인 건강을 유지하려면 음식을 통해서 영양소를 섭취해야 하듯 정신적인 건강을 위해서도 무언가를 섭취해야 하는데 그 무언가가 바로 '책'이다. 우리는 독서를 통해 책 속에 담긴 영양소를 섭취한다. 책 속에 담긴 영양소는 무엇일까?

사람에게 필요한 6대 영양소에는 3대 영양소라고도 불리는 주영양소인 탄수화물, 지방, 단백질이 있고, 부영양소라고 불리는 물, 비타민, 무기질이 있다. 이들 영양소는 각각 역할이 다르면서 겹치기도 하고 서로의 역할을 돕기도 하는데, 책도 마찬가지다.

탄수화물은 포도당으로 분해되어 주로 사람이 필요한 에너지를 내는 데에 쓰이고 간혹 에너지를 내고 남은 것은 몸에 축적된다. 어린 시절부터 접하는 동화책과 위인전, 자서전은 탄수화물과 같다. 동화는 상상력을 길러 주고 상황에 대해 깊이 생각하는 능력을 키워

준다. 내가 직접 경험해서 얻은 사실은, 어렸을 때 동화책 읽기에 흥미를 붙여 주면 커서도 책을 좋아하게 된다는 것이다. 나는 어렸을 때 전래동화, 창작동화, 명작동화 등 다양한 장르의 동화를 많이 읽었지만 내 동생은 많이 읽지 않았다. 자라고 보니 나와 비교했을 때 동생은 책을 많이 읽지 못하고 독서를 멀리한다. 사람이 가장 먼저 읽게 되는 책이라고 할 수 있는 동화책을 어렸을 때부터 읽으면, 훗날 자라서 독서를 하게 하는 에너지를 낸다. 동화책이 '책을 읽게 하는 에너지'를 낸다면 위인전이나 자서전은 '미래를 위한 에너지'를 낸다. 나는 위인전이나 자서전을 읽고 과학자, 간호사, 작가, 음악가 등 내 장래에 대해 폭넓게 고민할 수 있었다. 내가 어려움을 당할 때 주인공들이 이겨 낸 시련과 고난에 대한 내용은 나에게 용기를 주었고, '이겨 낼 수 있다' 라는 자신감을 느낄 수 있게 했다. 즉, 좌절하지 않고 앞으로 나아가게 하는 '에너지'를 낼 수 있게 해주었다.

지방은 탄수화물이나 단백질보다 약 두 배의 열량을 내고 영양을 저장하는 데에 중요한 역할을 하는 영양소이다. 소설이나 시 같은 문학은 책에서의 지방이라고 할 수 있다. 시는 사전적 의미로 보면 '운율을 지닌 간결한 언어로 나타낸 문학' 이다. 지방이 다른 영양소에 비해 적은 양으로 더 많은 열량을 내듯 시도 짧은 구절 안에 깊고 심오한 의미를 담을 수 있다. 소설은 작가가 작가 자신의 생각을 담아 창조한 이야기라고 할 수 있다. 소설에는 작가의 생각이 우선으로 담기겠지만, 시대적 상황이나 현실을 바라본 비판적인 시각,

사상, 문화 등 여러 가지를 반영한다. 근대소설은 우리가 겪지 못한 시대 또는 문화를 그 어떤 역사적 설명보다 쉽게 이해할 수 있게 하고, 현대소설은 우리가 겪으며 살고 있으면서도 느끼지 못한 현실과 모순을 깨닫게 해준다. 훗날 우리 자손들이 지금의 현대소설을 읽으면 그들이 겪지 못한 현시대를 느끼게 될 것이다. 이런 면에서 소설은 영양을 저장하는 것과 같다. 지방은 섭취한 후 바로 쓰기도 하지만 나중에 필요할 때 쓰려고 영양을 저장한다. 마찬가지로 소설도 창작된 그 시대에도 영향을 주고, 훗날 우리 나중 세대에도 영향을 미친다. 흥미와 즐거움을 위한 소설들이 지닌 영양소의 기능은 책읽기에 활력소가 되어 준다는 것이다. 지방이 우리 신체에 활력을 주듯이 말이다.

단백질은 생체를 구성하고 신진대사에 관여한다. 책의 종류 중에서 단백질의 기능을 하는 것은 전공도서이다. 단순한 관심 때문에 읽는 책이 아니라 독자 자신이 속해 있는 분야에서 필요한 책을 말하는 것이다. 일반적으로는 읽지 않는, 깊이 있는 자신의 분야에 대한 전공도서를 읽어서 전공지식을 갖추게 되면 그 전공지식은 나의 주된 지식을 구성하게 된다. 예를 들면, 수학을 전공한 사람은 수학에 관한 전공도서를 주로 접했기 때문에 주된 지식이 수학으로 구성된다. 따라서 어떤 현상이나 상황을 수학적으로 생각하게 된다. 나의 중학교 수학선생님은 피자를 나눌 때 도형과 분수의 원리가 생각난다고 하셨다. 전공도서를 단백질이라 하고, 주된 지식의 구성을 생체의 구성으로 본다면 전공도서의 기능과 단백질의 기능은 유사

하다. 내가 말하는 전공도서는 대학전공에 대한 책을 말하는 것이 아니라, 한 분야에 대해서 깊이 있게 써진 책을 말한다. 대학을 나오지 않은 사람이라도 자신이 속해 있는 분야에 대한 전공도서를 읽으면 단백질이 신진대사에 관여하는 것처럼 내가 속해 있는 분야에 대한 능률성과 능력을 더할 수 있다.

물은 우리 몸의 약 70%를 구성하고 있는 중요한 부분이다. 하지만, 사람들은 다른 영양소에 비해 물의 중요성을 인식하지 못한다. '물 쓰듯 하다' 라는 말은 물을 쉽게 여긴다는 것을 보여 주는 예다. 우리가 물을 쉽게 여기듯 신문도 대부분 날짜가 지나면 버려질 종잇조각쯤으로 여긴다. 이러한 면에서 신문은 물과 같다. 사람들은 흔히 신문을 '본다' 라고 하지만 나는 신문은 '읽는' 것이라고 생각한다. 과거에 대한 정보도 물론 중요하지만 정보사회에서는 현재의 새로운 정보가 매우 중요하다. 이러한 현대시대에 가장 걸맞은 책이 신문이다. 신문의 내용이 무조건 객관적이라고는 할 수 없지만, 신문을 읽으면 현재의 쟁점과 소식들을 빠르게 접할 수 있다. 또 신문에는 기사, 기행문, 논설문, 설명문, 시, 수필 등 짧지만 다양한 종류의 글이 실리기 때문에 신문을 읽는 것은 여러 종류의 글을 묶은 책을 읽는 것과 같다. 신문을 읽다 보면 덤으로 중요한 정보와 그렇지 않은 정보의 분별력을 키울 수 있다.

비타민은 지용성 비타민과 수용성 비타민으로 분류되는데, 소량으로 몸의 여러 기능을 조절한다. 쓰이고 남은 비타민은 저장되는 것이 아니라 체외로 배출되기 때문에 한번에 많이 섭취하는 것은 효

서적의 보고, 혹은 감옥

연암의 『열하일기』도, 세계기록유산인 『조선왕조실록』과 『승정원일기』도 모두 이곳에
소장되어 있었다. 화성(華城)과 거중기는 이곳에 보관되어 있던 『기기도설』을 바탕으
로 설계되었다. 정조가 청나라로부터 야심차게 구해 온 『고금도서집성』을 보관했던 곳
도 이곳이었으니, 그곳은 바로 규장각이다. 규장각은 조선 후기 책의 보물창고와 같은
곳이었다. 그러나 '세계 최고의 여행기' 『열하일기』가 문체반정이라는 족쇄에 걸려 당
대에는 유통되지 못했다는 점에서 규장각은 책의 감옥이기도 했다.

과가 없고 대신 일정한 양을 꾸준히 섭취해야 한다. 사전은 비타민 같은 역할을 한다. 사전은 우리가 읽는 책이 아니라 책을 읽는 데에 도움을 주는 중요한 도구다. 비타민을 한번에 섭취하는 것이 아무 소용없는 것처럼 사전을 한번에 읽는 것은 바보 같은 짓이다. 백과사전도 수많은 항목을 다 읽는 것이 아니라 내가 필요한 부분만큼 찾아 읽는 것이다. 사전도 비타민처럼 소량으로 기능을 한다. 내가 책을 읽다가 모르는 단어를 국어사전에서 찾아 읽었다고 하자. 그러면 다른 책들을 읽다가 또 그 단어가 나왔을 땐 막힘없이 읽는다. 백과사전도 마찬가지다. 찾아 읽었던 것은 그 다음에는 몇 번, 몇십 번씩 유용하게 쓰인다.

마지막으로, 무기질은 종류가 매우 많다. 미량으로도 몸의 여러 생리적 기능에 도움을 주지만, 부족할 때 결핍증이 생긴다. 나는 무기질이 '다양한 독서'의 기능을 잘 나타낸다고 생각한다. 다양한 종류의 책을 읽으면 여러 분야에 대한 지식이 풍부해진다. 여러 종류의 책 중 어느 한 부분이 취약하면 그 취약한 부분은 반드시 드러난다. 취약한 부분이 드러나는 것이 결핍증이다. 그 결핍증을 예방하려면 책을 읽어야 한다. 예를 들어, 과학상식이 부족하면 과학에 관련된 서적을 읽고, 어휘가 부족하다면 사전을 찾아가면서 읽고, 미술상식이 부족하면 미술에 관한 책을 읽으면 된다.

다양한 영양소를 섭취해야 하는 것처럼 다양한 독서를 해서 정신적인 영양을 공급해야 한다. 책을 읽지 않는다면 정신에 혹은 마음에 영양을 공급하지 않는 것과 같다. 책은 영양소와 같이 각각 꼭 필요한 기능이 있다. 책이 주는 이익은 몇 장으로 표현할 수 없다. 내가 부족하고 무지한 부분은 책을 통해 채울 수 있다. 책은 우리가 경험하지 못했던 것도 경험하게 한다. 외국에 가고 싶은 나라가 있다면 그 나라에 관한 서적을 읽어 보자. 그럼 적어도 절반 이상은 그 나라를 경험하고 온 셈이다. 요즘 사람들이 영상을 보고 소리를 듣는 것에 익숙해지면서 읽는 것과는 멀어지고 있다. 책은 우리에게 있어서 아낌없이 주는 나무다.

책을 읽지 않으면 우리의 생각은 점점 짧아지고 감정은 무뎌진다. 생활에 즐거움과 활력을 잃었거나, 깊이 생각하는 것이 귀찮고 어려워지는 결핍증상이 나타난 독자라면 지금 당장 책을 펴서 간만에 우리 마음에 영양을 듬뿍 공급해 보자.

11

악마는 책을 읽는다

이지현

샤넬, 루이비통, 프라다, 크리스찬 디올, 안나수이 등 수많은 명품 브랜드들이 사람들의 사랑을 받고 있다. 특히나 우리 한국 사람들은 남에게 보이고 싶은 과시욕이 다른 나라 사람들에 비해 많은 것 같다. 그래서 집이 부자든 아니든 다들 명품 백 하나씩은 들고 다녀야 직성이 풀린다. 우리 대학가를 한번 보자. 여대는 말도 못할 것이며, 다들 명품가방 하나씩은 들고 다닌다. 그렇지 않은 학생들도 많기는 하지만 말이다. 대학생들만 그럴까? 요즘에는 초중고 학생들도 명품가방을 들고 학교에 다닌다.

명품을 좋아하는 이유가 뭘까? 명품이란 원래 상류층이 다른 계층의 사람들은 넘보지 못할 자신들만의 개성을 표현하려고 산다. 그런데 상류층이 아닌 사람들은 그 명품을 구입함으로써 자신도 상류층의 계열에 들어가는 것으로 착각을 하며 구입을 하는 것이다. 명품은 또한 남들에게서는 찾아보기 힘든 자신만의 취향과 개성을 표현하는 수단이기도 하다.

한 여성이 길을 지나가고 있었다. 긴 머리에 예쁜 얼굴과 멋진 패션이 나의 눈길을 끌었다. '저 여성은 어떤 명품 가방을 들고 있을까?' 아니나 다를까 그녀의 손에는 명품 가방은 없었다. 명품 가방 대신 들려 있는 건 책이었다.

책만큼 훌륭한 명품은 없다. 인류가 살아오면서 가장 잘 만들었다고 생각하는 명품은 책이라고 생각한다. 나는 명품 가방을 들고 있는 사람보다 책을 들고 있는 사람이 더 멋있고 아름다워 보인다. 책은 그 사람의 머리, 지식, 교양을 보여 준다고 할 수 있다. 버스에서 어떤 사람이 탔는데, 자리에 앉자마자 딱 책을 펼쳐서 보면 어떤 생각이 드는가? '저 사람 교양 있어 보인다. 명석해 보인다' 하는 생각이 들지 않는가? 아니면 한 고등학생이 등굣길에 버스나 지하철을 탔는데 열심히 책을 보고 있다면 '저 학생 공부 잘하는구나, 똑똑하겠구나' 하는 생각이 든다. 다른 사람에게 있어 보이고 싶은 욕심은 사람의 본능인 것 같다. 나 자신이 다른 사람에게 멋있고 똑똑하고 아름답게 보이고 싶다면 책을 읽어라. 책을 읽음으로써 나 자신을 명품으로 만들 수가 있다.

나 자신이 명품이 될 수 있다기에 책을 읽기는 읽는데 구체적으로 어떤 효과를 얻는지 궁금할 것이다. 첫번째 효과! 살아남을 수 있다. 옛날에는 그냥 공장이든 어디든 나가서 일을 하고 돈을 벌어서 식구들을 먹여 살리면 그만이었다. 책을 안 읽어도 충분히 얼마든지 먹고 살 수 있었단 말이다. 하지만 지금은 어떠한가? 책을 안 읽으면 살아남을 수가 없다. 대학에 입학하려고 해도 '가장 감명 깊게 읽은 책은 무엇인가? 라고 묻고 회사 면접을 보려 해도 책에 관한 질문들이 쏟아진다. 직장을 다니면서 돈을 벌기는 버는데 이 돈을 그저 통장에 저축만 하자니 돈이 불어나지 않는다. 남들은 각종 재테크 서적을 읽어 가면서 펀드에도 투자하고 주식에도 투자하는데 말이다. 현대 사회에서 살아남고 싶다면 책을 읽어야 한다. 책을 읽어야 대학도 갈 수 있고, 취직도 할 수 있으며, 돈도 불릴 수 있다. 요즘에는 20대 여자가 알아야 할 돈 관리법, 30대 여자가 알아야 할 돈 관리법 등 나이에 맞춰 그 나이 대에는 무엇을 어떻게 해야 나중에 후회가 없고 잘 살 수 있는지 조언해 주는 책들이 많이 나오고 있다. 인생 선배들이 자신들의 경험에 비춰 인생 후배들에게 삶에 대해 조언해 주는 책이다.

두번째 효과! 더 나은 삶을 살 수 있다. 지금의 삶보다 더 나은 삶을 살기 위해 책을 읽어야 한다. 요즘 서점가에는 성공한 사람들의 자서전이 많이 출간되고 있다. 사회적으로 높은 위치에 있는 사람들, 아이비리그에 입학한 학생, 각 분야에서 어느 정도 성공한 사람들이 자신이 어떻게 하여 이 자리까지 올라오게 되었는지, 어떻게 하면 자신처럼 될 수 있는지를 책으로 출간하고 있다. 나 또한 힐러리의 성공을 그린 책을 읽으면서 힐러리처럼 당당하고 멋진 여성이 되자고 생각했었다. 이러한 성공 자서전을 보면서 나 자신을 반성해 보고 어떤 더 높은 목표와 이상을 잡을 수 있어 좋은 것 같다. 성공한 사람들은 그 사람만의 성공한 이유가 있을 테니 책을 보고 그 이유에 대해 생각해 보고 분석해 보고 나 자신과 책의 저자가 성공한 요인을 대조해 본다면 내가 성공할 수 있는 방법이 구체적으로 그려질 것이다. 성공한 사람들이 쓴 책을 읽는다고 해서 그 책을 읽은 우리 또한 모두 성공한다는 보장은 없다. 하지만 그 사람들의 일생을 한번 보면서 나는 어떻게 살아가고 있는지 뒤돌아보게 되고 앞으로는 어떻게 나아가야 할지 구체적 예시를 보여 준다. 또한 그런 사람들처럼 되어야겠다는 동기를 부여하여 더 높게 더 멀리 나아갈 수 있도록 해준다. 성공하고 싶다면 성공한 사람이 어떻게 살아왔고 어떻게 했는지를 알아야 나 또한 성공의 길을 걸어갈 수 있지 않겠나 생각한다. 지피지기면 백전백승이요. 적을 알고 나를 알면 백전백승이라. 성공한 사람들의 책을 보며 그 인물에 대해 파악하고, 나와 그 인물을 대조해 보면서 나를 알게 되고 결국 성공할 수 있을 것이다.

세번째 효과! 나보다 더 힘들게 살아가고 있는 우리의 이웃들을 돌아볼 수 있다. 이 세상은 나 혼자 살아가는 것이 아니기 때문에 남을 잘 이해하고 같이 살아 나아가야 한다. 그렇기 때문에 책을 읽어야 하는데, 책을 읽으면 내가 사는 사회 속에서 또 다른 삶을 사는 사람들을 헤아릴 수 있게 된다. 자본주의 사회에서는 어쩔 수 없이 빈부격차가 나기 마련이다. 돈이 많은 사람들은 잘 살고 돈이 없는 사람들은 하루하루 끼니 걱정하며 살아가야 한다. 계급이니 계층이니 교과서에서 많이 배워서 알겠지만 지금 현대사회는 계층으로 나뉘는데 상중하로 나누어 보면 중산층이 제일 비중이 많다. 상류층 또한 갈수록 늘어나는 추세인데 상류층이 늘어난다고 그 나라 국민 모두가 잘 살게 되는 것이 아니다. 상류층이 늘어나는 반면 하층민들의 생활은 점점 더 힘들어지고 있다. 우리나라가 어느 정도 잘 먹고 잘 살게 되어 개발도상국에서 선진국으로의 과정을 겪고 있지만 아직도 우리 사회에는 하루에 세끼도 못 먹는 사람들이 많다. 국가에서 기초생활수급을 준다지만 그 돈으로는 턱없이 모자라다. 우리는 자기 살기 바빠 주위를 잘 돌아보지 않게 되는데 책을 읽으면 내 주위를 돌아볼 수 있게 된다. 책을 읽으면 나 아닌 다른 사람들의 삶은 어떠한지 돌아볼 수 있게 되고 나보다 더 힘들게 살아가는 사람들도 있다는 것을 알게 된다. 위를 바라보며 성공의 꿈을 키워나가는 것도 중요하지만 아래를 바라보며 다른 이웃들의 삶을 바라보며 나 자신을 반성하는 것도 중요하다.

나는 책을 잘 읽지는 않지만 그 동기가 강제적이든 자발적이든 책을 읽으면 내 머릿속이 무언가 꽉 차는 느낌이 든다. 또 책 한 권을 다 읽고 나면 얼마나 뿌듯한지 모르겠다. 바로 이런 것이 나 자신이 명품이 되고 있다는 것이 아닐까? 책 한두 번 읽는다고 하루아침에 명품이 될 수는 없다. 꾸준히 책을 읽으면 내 머릿속은 풍부한 지식으로 꽉 차 있을 것이고, 내 가슴은 뜨거운 감성이 울부짖을 것이다. 내 손은 책을 찾고 내 눈은 책을 읽고 싶은 열정으로 가득찰 것이다. 책을 많이 읽은 사람은 그 사람이 '저 책 많이 읽은 사람입니다' 라고 말하지 않아도 한눈에 알 수 있다. 그 사람의 눈은 총명함으로 빛날 것이며 그 사람이 하는 말에는 그 사람의 명품 지식이 가득 담겨져 있을 것이다. 명품 가방이 다른 가방보다 더 값비싸고 사람들의 사랑을 받는 이유는 바느질 하나하나가 세심하고 꼼꼼하게 처리되어 있고 좋은 재료로 만들기 때문이다. 그리고 명품을 만드는 사람의 정성이 들어가 있기에 그 가치를 인정받는 것이다. 나 자신이 명품이 되는 길은 힘들겠지만 꾸준히 책을 읽다 보면 언젠가는 명품으로 나 자신의 가치를 인정받게 될 것이다. 이 시대를 살아가는 진정한 악마들은 책을 읽는다. 명품 가방을 든다고 나 자신이 명품이 되는 것이 아니다. 명품 가방 대신 책을 들어라!

12

『살인자의 건강법』을 통해 본 독서
―프레텍스타 타슈 독서법

오다인

얼마 전, 전 세계가 프랑스의 한 늙은 작가에게 집중했던 일이 있었다. 그의 작품이 신드롬을 일으켜서? 그가 문제작을 써서? 모두 아니다. 단지 그가 두 달 후면 죽을 거라는 이유에서였다. '엘젠바이베르플라츠 증후군'이라는 발음도 하기 힘든 희귀병에 걸린 83세의 노작가. 더군다나 그 작가가 노벨문학상 수상자 프레텍스타 타슈라면? 이는 세계의 관심을 끌기에 충분했다.

위의 이야기는 모두 아멜리 노통브의 소설 『살인자의 건강법』에 나오는 소설 속 내용이다. 먼저 아멜리 노통브가 쓴 『살인자의 건강법』의 내용을 소개하자면 이렇다. 책 전체가 대문호 프레텍스타 타슈와 기자들의 인터뷰 내용으로만 이루어져 있다. 희귀병으로 죽음을 선고받은 대문호가 있다. 프랑스 언론에서는 그의 인터뷰를 소개하고자 난리가 나고, 힘들게 인터뷰 일정을 잡은 기자들은 어렵사리 프레텍스타 타슈와 인터뷰를 한다. 하지만 대문호와의 인터뷰가 그렇게 쉽게 이루어지지는 않는다. 노벨문학상 수상 작가님께서는 성격이 매우 괴팍하시고 직업이 직업인지라 말 또한 잘하시기 때문이다.

본래 어떤 인터뷰든 그 내용에는 자신의 생각이 표출되기 마련이다. 프레텍스타 타슈 역시 노벨문학상을 수상한 작가답게 그만의 독서에 대한 생각이 인터뷰에 고스란히 담겨 있다. 노벨문학상을 수상하고 베스트셀러에 오른 자신의 작품들을 독자들은 읽지 않는다는 것이다. 참 모순적인 말이지만 그가 주장하는 말에는 나름의 논리가 있다. 프레텍스타 타슈는 자신의 독서 방법을 바탕으로 위의 터무니없지만 말이 되는 주장을 펼치고 있는 것이다.

읽으면서도 읽지 않는 식으로 일을 복잡하게 만드는 사람들이 부지기수니까. 꼭 인간 개구리들처럼 물 한 방울 안 튀기고 책의 강을 건너는 거지. …… 난 세상 사람들이 모두 나처럼 책을 읽을 거라 생각했소. 나는 음식을 먹듯 책을 읽는다오. 무슨 뜻인고 하니, 내가 책을 필요로 할 뿐만 아니라 책이 나를 구성하는 것들 안으로 들어와서 그것들을 변화시킨다는 거지. 순대를 먹는 사람과 캐비어를 먹는 사람이 같을 수는 없잖소. 마찬가지로 칸트를 읽은 사람과 크노를 읽은 사람도 같을 수가 없지. 참, 이 경우 '사람'이라는 말은 '나와 그 외 몇몇 사람들'로 해석해야 하오. 대부분의 사람들은 프루스트를 읽건 심농을 읽건 한결같은 상태로 책에서 빠져 나오거든. 예전 상태에서 조금도 잃어버린 것 없이, 조금도 더한 것 없이. 그냥 읽은 거지. 그게 다요. 기껏해야 '무슨 내용인지' 아는 거고. 꾸며 낸 이야기가 아니오. 지성인이라는 사람들한테 내가 몇 번이나 물어봤는지 아시오. '그 책이 당신을 변화시켰소?' 라고 말이오. 그러면 그 사람들은 눈을 휘둥그렇게 뜨고 날 쳐다보는 거요. 꼭 이렇게 묻는 것 같았소. '왜 그 책 때문에 내가 변해야 하죠?'

바쁘게 생활하고 있는 현대인들에게 독서란 그저 재미를 위해서, 시간을 때우기 위해서 보는 것일 뿐이다. 책을 읽는 동기가 저렇게 가볍다 보니 책을 읽는 모습에서도 단순히 즐기기 위한 것 이상의 깊이나 진지함을 찾아볼 수가 없다. 이런 개구리 독자들에게 책을 읽은 후에 남는 것이 없음은 더 말할 것도 없다. 위의 프레텍스타 타슈가 말하는 독서의 방법은 꼭 어려운 책에만 국한되는 건 아니다. 가볍고 시시한 내용이 담겨 있는 책을 읽었다고 하자. 읽은 후에 그 책에 담겨진 소재를 바라볼 때 책을 읽기 전과 후의 시선이 달라지기만 해도 그것은 책으로 인해 자신이 변화하는 것이다. 독서에서 가장 중요한 건 바로 이것, 시선 바꾸기이다. 따라서 독서를 통해 시선이 바뀌지 않았다면 그것은 독서가 아니라는 것이다. 이것이 베스트셀러 작가인 프레텍스타 타슈가 자신의 책들을 제대로 읽은 사람이 한 사람도 없다면서 사람들을 비웃는 행동에 공감할 수 있는 이유이다.

간혹 예전에 재미있게 읽었던 책의 줄거리가 하나도 생각이 나지 않을 때가 있다. 그때엔 단순히 기억력이 나쁜 건가 했었는데『살인자의 건강법』을 읽고 난 뒤에는 생각이 바뀌었다. 나는 책을 보면서 그저 글자만 읽었을 뿐 책을 통한 시선 바꾸기를 하지 않은 개구리 독자였다는 사실을 깨달은 것이다. 그리고 이 깨달음을 통해 비로소 나도 시선 바꾸기가 되었다. 책을 읽기 전과 후의 생각이 똑같이 진부한, 프레텍스타 타슈가 지적하는 그런 독자들이 생각 바꾸기를 하는 것은 이렇게 어렵지 않다. 책을 읽을 때 그 책 안으로 들어가서 주인공이 되어 보고, 조금 더 진지하게 생각을 해보면 되는 것이다. 이렇게 시선 바꾸기의 방법은 매우 쉽다. 하지만 요즘 쏟아지는 책 종류의 거의가 실용서라는 것을 감안하면 어려운 방법이 될 수도 있겠다. 실용서의 특징은 실제로 쓸 만한 내용을 담은 것이다. 따라서 실용서를 찾는 사람들도 자연스럽게 필요한 부분만 찾아서 가볍게 읽게 된다. 가볍게 읽는 독서에는 시선 바꾸기가 절대 따르지 않는 법이다.

이쯤 되어서 개구리 독자가 아니라면 『살인자의 건강법』의 제목이 왜 ‘살인자의 건강법’ 인지 궁금하지 않을 수 없다. 책의 주된 내용은 대문호와 기자의 인터뷰인데 말이다. 거기다 훌륭한 독서법까지 소개한 멋진 글인데. 조금만 더 읽어 보면 답은 나온다. 프레텍스타 타슈가 다섯번째로 만난 여기자는 그 흔해 빠진 개구리 독자가 아닌 진짜 독자였다. 그리고 그 여기자는 프레텍스타 타슈가 쓴 ‘살인자의 건강법’ 에서 타슈의 과거를 읽어 냈기 때문이다. 그렇다. 프레텍스타 타슈는 ‘살인자의 건강법’ 이란 책에서 자신의 과거 이야기를, 그것도 살인을 했던 이야기를 적었던 것이다.

알다시피 이 세상에는 늘 무위도식자들이며 채식주의자들이며 신참
내기 비평가들이며 마조히즘 성향을 지닌 학생들이며 호기심 그득
한 자들이 있어서 책을 사들일 뿐 아니라 산 책을 읽기까지 하잖소.
난 그자들을 시험해 보고 싶었던 거요. …… 지금으로부터 24년 전,
'살인자의 건강법'에 대해 신문에 어떤 서평이 올랐는지 아시오?
'상징으로 가득한 동화적인 소설. 원죄, 즉 인간 조건에 대한 몽환적
인 은유' 운운. 그러니 읽기는 하지만 읽지 않는다는 말이 나올 밖
에! 밝히기 위험천만한 사실을 난 얼마든지 글로 써도 되오. 다들 은
유로만 볼 테니까. 별반 놀라운 일도 아니오. 사이비 독자는 잠수복
을 갖춰 입고, 유혈이 낭자한 내 문장들 사이를 피 한 방울 안 묻히
고 유유히 지나가게 마련이거든. 가끔씩 탄성을 지르기도 할 거요.
'멋진 상징인걸!' 이런 게 이른바 깔끔한 독서법이란 거요. 기막힌
독서법이지. 잠자기 전 침대에 기대앉아 책을 읽을 때 쓰기 딱 좋은
방법이오. 마음을 가라앉혀 주는 데다 이불호청을 더럽히지도 않으
니까. …… 문제는 읽는 장소가 아니라, 읽기 그 자체요. 내가 바라
는 건 내 책을 읽되, 인간 개구리 복장도 하지 말고 독서의 철창 뒤
에 숨지도 말고 예방 접종도 하지 말고 읽으라는 거요. 그러니까 사
실대로 말하자면, 부사 없이 읽으라는 거지.

살인했던 자신의 과거를 책으로 출간했는데 아무도 눈치 채지
못하니 독자들이 얼마나 한심해 보이겠는가. 개구리 독서법과 같이
자신의 몸에 책을 묻히지 않고 책을 읽는 독자들이 저런 파렴치한

작가를 만들어 낸 것이다. 소설 내용이라 자극적이긴 하지만 실제로 아멜리 노통브는 저렇게 책을 대충 읽는 독자들이 많다는 걸 보여 주고 싶었으리라. 프레텍스타 타슈의 책을 읽은 대부분의 개구리 독자들은 소설이라는 틀 안에서 책을 눈으로 보려고만 했다. 하지만 단 한 명의 독자, 인터뷰하게 된 여기자만은 소설 안으로 들어가 주인공들과 직접 호흡하면서 책을 읽었다. 그래서 소설이지만 소설이 아닌 자전적 이야기인 것을 깨닫게 된 것이다. 이렇게 책읽기를 끝낸 여기자는 책을 읽기 전과는 다른 시선으로 프레텍스타 타슈를 보게 된다. 시선 바꾸기가 된 것이다.

한 여기자의 진짜 독서를 통해서 밝혀진 노벨문학상 수상자의 진실. 후에 어떻게 되었을지 궁금하지 않은가? 이미 희귀병으로 죽음을 선고받은 대문호에게 징역을 살게 할지, 진실을 묻어 둘지. 궁금하다면 아멜리 노통브의 『살인자의 건강법』을 읽어 보라. 지금까지 해왔던 개구리 독서방법이 아닌 '진짜' 독서방법으로.

讀書三到

독서삼도

책 읽는 세 가지 방법

폼페이 벽화에 그려진 여류 시인의 초상화

책을 사랑하는 세 가지 방식

"책을 사랑하는 세 가지 방식이 있다. 첫번째는 같은 책을 여러 번 읽는 것이고, 두번째는 그 책에 대해 비평하는 것이며, 그리고 마지막은 책을 쓰는 것이다."
—윤세진, 『언어의 달인, 호모 로퀜스』, 243쪽.

13
세상을 바꾸는, 생계형 책읽기

강양구

"지금 여러분의 책상을 한구석에 붙여 놓고, 글을 쓰려고 그 자리에 앉을 때마다 책상을 방 한복판에 놓지 않은 이유를 상기하도록 하자. 인생은 예술을 위해 존재하는 것이 아니다. 오히려 그 반대이다."(스티븐 킹)

나는 '행복한 책읽기'를 말하는 이들이 부럽다. 나에게 책읽기는 생존 수단이다. 관심을 두는 과학 · 환경 분야의 책뿐만 아니라, 소설 한 편을 읽을 때도 늘 정보를 얻고자 촉수를 곤두세운다. 그러나 이런 책읽기 넉분에 나는 세상에 발언하고, 또 책을 동해서 배운 지식으로 밥벌이를 해왔다. 나는 이른바 '생계형 독서가'다.

사실 책읽기를 좋아하는 세상의 보통 사람들은 모두 다 '생계형 독서가'다. 가끔 신문, 방송에 등장하는 유명 작가의 번듯한 서재는 그림의 떡이다. 서재는커녕 책을 꽂아 둘 곳도 부족하다. 늘 이 방, 저 방에 쌓여 있는 책이 눈에 밟히지만, 그것들에게 제자리를 찾아 줄 능력은 없다. 이사를 할 때마다 눈물을 머금고 헌책방에 파는 것이라도 면하면 다행이다.

　흔히 '세상을 바꾼 책'을 칭송하지만, 정확히 말하면 책이 세상을 바꾼 게 아니라, 그 책을 읽고서 수다를 떨었던 많은 생계형 독서가들이 세상을 바꿨다. 오늘도 흔들리는 버스, 전철에서 옆 사람 눈치를 보면서 책장을 넘겼을 생계형 독서가들이 많아질수록 세상은 좀더 나아질 것이다.

• 세상에서 제일 어려운 일 : 다독 •

생계형 책읽기의 첫번째 원칙은 '다독'이다. 언제, 어떤 책이 필요할지 알 수 없으니 가장 확실한 방법은 많이 읽어 두는 것이다. 마음만 먹어서는 안 된다. 한 주일에 한 권씩 1년에 50권, 한 주일에 두 권씩 1년에 100권, 이런 식의 목표가 필요하다. 나는 2주일에 세 권씩 1년에 80권 통독을 목표로 뒀다.

　이렇게 목표를 세우고 나면, 이제 책을 읽을 시간을 확보해야 한다. 잘 알고 지내는 한 책벌레는 매일 아침 다섯 시부터 일곱 시까지 두 시간을 책 읽는 데 쓴다. 이런 '아침형 인간'은 책 읽기 좋은 습관을 타고났다. 아침 시간이야말로 누구에게도 방해받지 않고 맑은 정신으로 책을 읽을 수 있기 때문이다.

　그러나 불행히도 나는 이런 아침형 인간과 거리가 멀다. 일 때문에 저녁마다 약속도 많고, 그 중 대부분은 술자리로 이어지곤 한다. 결국, 자투리 시간에 책을 읽을 수밖에 없다. 일단 잠들기 전 한

두 시간을 확보한다. 눈을 감아서 10분 정도가 지나도 잠이 들지 않으면, 바로 불을 켜고 책을 펼친다.

일상생활 속에서 가장 좋은 책읽기 장소는 전철이다. 진동에 익숙해지기만 하면 실내 못지않게 집중해서 책을 읽을 수 있다. 가끔 지방 출장이 있을 때 기차를 애용하는 것도 이 때문이다. 기차 안에서 보내는 왕복 서너 시간은, 책 한 권은 충분히 읽을 수 있는 시간이다. 자동차 대신 대중교통을 이용하면 지갑뿐만 아니라 머리도 채워진다.

안간힘을 써서 목표를 겨우 달성하더라도, 1년에 100권 이상 통독은 힘든 게 현실이다. 한 주일에도 나를 유혹하는 책이 수십 권씩 쏟아지는 상황을 염두에 두면, 꼭 필요한 좋은 책을 읽어야 한다. 일단 세 가지 방법을 동원한다. 첫째, 눈에 띄는 책의 서문을 읽고, 목차를 훑어보라! 이렇게 서문, 목차만 읽어 둬도, 그 책을 활용할 가능성은 커진다.

둘째, 특정 분야의 서지에 일가견이 있는 '고수'를 파악해 두라! 그 고수기 전화, 편지로 직접 대화할 수 있는 지인이라면 더한 나위 없이 좋겠지만, 꼭 그럴 필요는 없다. 공부를 쉬지 않는 해당 분야의 학자를 알아 두는 것으로도 충분하다. 그런 학자가 쓴 글, 책은 그 자체로 새로운 세계로 안내하는 가이드 역할을 한다.

예를 들어 보자. 20세기 과학기술의 역사를 사회와의 관계 속에서 짚고 싶다면 김명진의 『야누스의 과학』을 읽는 게 최상의 선택이다. 이 책을 읽고서 원자폭탄, 생명공학, 인터넷 등 각각의 과학기술의 역사를 더 알아보려면 책에 실린 참고 문헌의 목록을 활용하는 것만으로도 충분하다.

올해(2009년)에는 다윈 탄생 200주년, 『종의 기원』 출간 150주년을 기념해 '진화'를 열쇳말로 한 책이 쏟아지고 있다. 장대익의 『다윈의 식탁』은 바로 이런 상황에서 꼭 읽어볼 만한 책이다. 이 책을 통해서 진화를 둘러싼 최근의 논쟁 구도를 거칠게나마 그릴 수 있을 뿐만 아니라, 이 분야의 가장 최신의 참고 문헌 목록을 머릿속에 담을 수 있다.

이런 고수가 꼭 소장 학자라는 법은 없다. 원로 학자 최장집이 한 예다. 최장집이 근래의 강연을 모아서 펴낸 『민중에서 시민으로』를 읽어 보면, 눈여겨봐야 할 책 목록으로 가득하다. 미국의 사회학자 모니카 프라사드(Monica Prasad)가 2006년에 펴낸 『자유시장의 정치』(*The Politics of Free Markets*)도 그 중 하나다.

이 책은 미국, 영국, 독일, 프랑스 네 나라의 신자유주의 경제 정책의 형성 과정을 추적·비교하면서 다음 질문의 해답을 찾는다. '신자유주의 충격이 미국, 영국과 독일, 프랑스에서 왜 다른 식으로 나타났는가?' 만약 최장집이 아니었다면, 한국 사회를 진단하는 데 유용한 이 책의 시각을 접하기까지 훨씬 더 오랜 시간이 걸렸을 것이다.

셋째, 신문, 잡지에 실린 좋은 서평을 활용하라. 단, 기자의 서평을 신뢰하지 마라! 아무래도 마감에 쫓겨서 지면을 채워야 하는 기자의 글보다는, 책을 고르는 안목을 인정받은 평자의 글이 더 쓸

모가 있다. 『녹색평론』, 『창작과비평』처럼 책을 소개하는 데 신경을 쓰는 잡지의 서평을 눈여겨보는 것도 도움이 된다.

• 편식하지 마라, 가장 큰 즐거움을 놓칠 것이니… •

생계형 책읽기의 두번째 원칙은 '잡식'이다. 안타깝지만 좋아하는 소설만 주야장천 읽어서는 곤란하다. 물론, 편식하는 습관을 고치기는 쉽지 않다. 나 역시 그랬다. 여러 번의 시행착오 끝에 찾아낸 방법이 바로 이것이다. 미리 책 읽는 순서를 정해 놓고, 가능한 한 그것을 자신에게 강제하라!

과학·환경 담당 기자로서 해당 분야의 독서는 당연히 해야 할 일이다. 싫든 좋든 가장 먼저 읽어야 할 책이 바로 이 분야의 책들이다. 새로운 시각, 정보가 어느 분야보다도 중요하다 보니 가능하면 새로 나온 책 위주로 읽는다. 이런 원칙에 따라서, 가장 최근에 통독한 책은 헤더 로저스의 『사라진 내일』이다.

이것만으로는 부족하다. 과학·환경 분야의 여러 가지 문제를 제대로 이해하려면 세상이 어떻게 움직이는지를 알아야 한다. 인문·사회과학 소양이 꼭 필요하다. 이런 사정을 염두에 두고, 과학·환경 책을 읽은 다음에는 반드시 인문·사회과학 책을 잡는다. 이런 순서에 맞춰서, 가장 최근에 통독한 책은 에드워드 버네이스의 『프로파간다』이다.

신경 쓸 게 또 있다. 글로 밥벌이를 하는 처지에서, '명문'은 못

쓰더라도 '악문'은 안 쓰도록 노력해야 한다. 어휘력, 문장력을 기르는 데 잘 쓴 소설과 같은 문학 작품을 읽는 것만큼 좋은 방법은 없다. 앞에서 정한 순서를 염두에 두되, 그 중간에 꼭 문학 작품을 읽는 것은 이런 사정 때문이다(사실 소설 읽기는 생계형 책읽기 중에 누리는 작은 사치이다).

이런 순서를 염두에 두고 최근에 읽은 책을 나열하면 다음과 같다. 오현종의 『사과의 맛』―『프로파간다』―『사라진 내일』―빌 브라이슨의 『나를 부르는 숲』. (이 네 권의 책을 읽는 사이에도 필요에 따라서 많은 책을 발췌해서 읽었다. 그러나 통독하지 않은 책을 '읽은' 것으로 볼 수 있을까?)

일단 습관이 되면, 이런 식의 책읽기는 여러 가지 장점이 있다. 가끔 꼭 읽어야 할 책이지만, 선뜻 읽기 어려운 책이 있다. 나는 앞뒤로 읽고 싶은 책을 배치해서 이런 책을 해치운다. 한참 전에 아무리 읽어도 진도가 나가지 않은 책이 있었다. 마침 그 즈음에 일본의 소설가 온다 리쿠의 소설을 집중해서 읽고 있던 참이어서, 그 사이에 이 책을 끼워 넣었다.

다음 상황은 굳이 설명하지 않아도 짐작이 될 것이다. 이 책의 진도가 안 나갈 때마다 마음속으로 이렇게 외쳤다. '이걸 빨리 해치워야 온다 리쿠의 책을 읽을 수 있어!' 결국, 그런 방법으로 이 책을 빨리 통독하는 데 성공했다. 지금도 온다 리쿠의 많은(!) 소설은 이런 용도로 곧잘 쓰인다.

이런 식의 책읽기는 예상치 못한 즐거움도 준다. 가장 큰 즐거움은 책과 책 사이의 '일촌' 관계를 추적하는 것이다. 어떤 책이 다른 책을 직접 인용하거나, 혹은 다루는 소재가 겹칠 때, 나는 두 책의 관계를 일촌이라고 부른다. 그간 수많은 책의 일촌 관계를 보았는데, 그 중 상당수는 전혀 의외의 것이었다.

예를 들어 보자. 최근에 잇따라 읽은 『프로파간다』와 『사라진 내일』은 전혀 상관이 없어 보이는 책들이다. 그러나 사실 이 두 책은 일촌 관계이다. 『프로파간다』는 1920년대 후반 여성에게 담배를 피우게 한 '홍보의 구루(guru)' 버네이스가 쓴 책이다. 『사라진 내일』은 자본주의의 상징인 쓰레기를 둘러싼 섬뜩한 진실을 폭로하는 책이다.

눈치 빠른 이라면 감을 잡았을 것이다. 1960년대 미국의 기업은 쓰레기를 아무 곳에나 버리는 소비자를 비판하는 캠페인을 전개했다. 이런 캠페인의 효과로 쓰레기를 배출한 기업은 면죄부를 받게 되었다. 『사라진 내일』은 바로 이 사례를 버네이스가 언급한 여론 조작의 본보기라고 지적한다.

또 다른 예도 있다. 중간에 읽는 문학 작품도 종종 생각지도 못했던 일촌 관계를 보여 줘 나를 흥분시킨다. 여름 휴가 대신 읽었던 『나를 부르는 숲』은 미국 펜실베이니아 주 센트레일리아 화재를 꽤 길게 소개한다. 1962년, 센트레일리아 지하에 매장된 석탄에 불이 붙어 50년 가까이 계속되는 이 화재는 아주 흥미로운 얘깃거리이다.

그런데 며칠 후 이 센트레일리아 화재를 의외의 책에서 또 접할 수 있었다. 최근 시작한 한 세미나에서 몇 주간에 걸쳐서 환경문제

Vladstudio, *Tree of Books*.

책읽기는 열매다!

책읽기는 열매다. 한 시인의 말대로 대추 한 알 저절로 붉어질 리 없다. 그 안에 태풍, 천둥, 벼락 몇 개 있어야 하는 법이다. 우리가 변화하고 성장하려면 무수한 책읽기를 거름으로 삼아야 한다. 그러지 않고서야 삶이 어찌 영글 수 있겠는가. 상처받을 적마다 읽어야 한다. 외로워질 때마다 읽어야 한다. 우쭐해지면 읽어야 한다. 그러므로 책읽기 는 빛이다. 영글어지되 홀로 뽐내지 아니하고, 그늘지고 어두운 곳을 비추려 하기 때문 이다. 익어 저절로 빛나는 탐스러운 열매. 그것이 바로 책읽기가 지향하는 바이다. 나 를 성숙케 하고 세상을 변화시키는 힘이 바로 여기서 비롯된다.

를 사회학의 시각에서 조망하는 앨런 어윈(Alan Irwin)의 『사회학과 환경』(*Sociology and the Environment*)을 읽기로 했는데, 바로 이 책에서 이 센트레일리아 화재를 중요한 사례로 언급하고 있었다.

간혹 내 기준대로 책들 사이에 일촌 관계를 맺어 줄 때도 있다. 한국 사회의 여러 가지 문제를 다룬 책 중에서 최고의 책 중 하나로 꼽을 만한 발레리 줄레조의 『아파트 공화국』은 일본 소설가 미야베 미유키의 『이유』와 일촌 관계이다. 아마 두 책을 다 읽어 본 이라면 이런 일촌 맺기에 고개를 끄덕일 것이다.

알베르트 망구엘은 『독서의 역사』에서 아르헨티나의 작가 에스트라다의 말을 인용해 "책을 읽으며 그전에 다른 책을 읽었을 때를 회상하고 서로 비교하면서 그때의 감정을 불러내는 것이야말로 가장 세련된 형태의 간통"이라고 얘기한 적이 있다. 책들 사이의 일촌 관계를 염두에 둔 책읽기 역시 이런 간통 같은 독서의 한 예가 아닐까?

• 독서는 무엇을 위해서 존재하는가? •

생계형 책읽기의 마지막 원칙은 '수다'이다. 책을 통해 얻은 감상, 정보를 머릿속에 넣어 두기만 해서는 쓸모가 없다. 아무리 사소한 것이라도 끊임없이 떠들어야 한다. 책읽기는 책을 덮는 순간이 아니라, 읽었던 것을 '서로' 공유함으로써 끝난다. 그때야 그 책은 비로소 온전히 내 것이 된다.

이미 많은 사람이 인터넷 공간에 독서 일기를 올리고 있다. 그러나 이것만으로는 부족하다. 좀더 욕심을 내보자. 가장 좋은 방법은 독서 모임을 조직하는 것이다. 책을 매개로 얼굴을 맞대는 기회를 얻는다면 더 좋다. 몇 번 이런 기회를 갖다 보면, 공동 독서가 관계 형성에 얼마나 도움이 되는지 알 수 있을 것이다.

꼭 사람이 많을 필요는 없다. 마음이 동한다면, 우선 좋아하는 사람과 시작해 보자. 매달 책을 두세 권씩 정해서 애인, 가족과 서로 교환해서 읽자. 가끔은 각자 가슴을 흔든 부분을 서로 소리를 내서 읽어 주는 것도 좋다. 장담하건대, 관계를 돈독히 하는 데 이보다 더 큰 힘을 발휘하는 일은 없다.

웬만큼 책읽기가 몸에 배면 친밀한 관계를 넘어선 독서 모임에도 도전해 보자. 아무래도 친밀한 관계는 관심사를 공유할 가능성이 커서, 그런 관계에 기반을 둔 모임에서 다양한 분야의 책을 읽는 데는 한계가 있기 때문이다. 개인적으로 생각하는 가장 좋은 독서 모임의 형태는 지역에 기반을 둔 것이다. 잘 운영되는 예도 있다.

충청남도 보령에는 독서 모임 '책 익는 마을'이 있다. 여러 직업을 가진 다양한 이들이 책을 선택해서 같이 읽는다. 가끔 책의 저자를 초청해서 강연을 듣고, 같이 토론하는 행사도 연다. 나 역시 저자 자격으로 모임에 참석한 적이 있는데, 환경단체 회원이 아닌 시민과 풍력, 태양 에너지 등을 놓고 그렇게 진지한 얘기를 오랫동안 나눠 보긴 처음이었다.

이런 책 읽는 모임이 잦아지면 주객이 전도되는 일도 있다. 서로 죽이 맞으면 책이 아니더라도 이 핑계, 저 핑계를 대고 만날 수 있다. 그러다 같이 (연애, 정치 등 무엇이든 간에) 일이라도 도모하게 되면, 책 읽는 시간은 더 줄어들 수밖에 없다. 그렇다면, 이런 걱정 때문에 같이 책 읽는 걸 포기해야 할까?

내 생각을 말하자면, 아니다! 이런 일이야말로 애초에 책을 같이 읽기 시작했던 목적이 아닌가? 글 첫머리의 스티븐 킹이 얘기했듯이, 예술이 인생을 위해서 존재하는 것처럼 독서도 일상 또는 관계를 위해서 존재한다. 책으로 시작해서 책으로 돌아오는 관계, 이것이야말로 생계형 독서가가 꿈꾸는 세상의 모습이다. 자, 당신은 시작할 준비가 돼 있는가?

14
밑줄은 책읽기를 춤추게 한다

염지홍

이른 아침 승객이 가득한 버스 안, 의지만 있다면 서서 가면서도 책을 읽을 수 있다. 버스 안에서 모자란 잠을 보충하는 것도 좋은 방법이겠지만 하루를 깨우며 시작하는 아침을 꾸벅꾸벅 졸면서 보내는 것은 안타까운 일이라고 생각한다. 한 손으로는 손잡이를 잡고 한 손으로는 책을 들고, 페이지를 엄지손가락 하나로 넘기는 것도 노력하면 곧 익숙해진다. 유별나다고 생각할 수도 있겠지만 귀에 이어폰을 꽂고 음악을 듣는 것을 좋아하지 않는 나로서는 책을 읽는 것이 더욱 좋다. 책을 읽고 있으면 혼잡한 공간이 나만의 독서 공간으로 변한다. 한 장 한 장 읽어 나갈 때는 주변이 보이지 않고 책과 나와의 교감만이 존재한다. 인상 깊은 내용에 밑줄 긋기가 어려우면 귀를 살짝 접거나 체크 표시만 하는 걸로 대신한다. 버스 안에서 책을 읽어도 무엇보다 안전이 중요하다는 것을 잊으면 안 된다. 흔들리는 버스 안에서 책을 읽는 것에 비하면 자리에 앉거나 지하철을 타고 가며 책을 읽는 것은 무척 쉬운 편이다. 밑줄을 그으며 책 앞뒤에 떠오르는 감상을 적고, 아이디어를 놓치지 않기 위해 온몸으로 책을 읽으면 가끔 책과 춤을 추는 기분이 들 때도 있다. 그렇게 짬짬이 이동하는 시간에 하는 독서에서 의외의 수확을 얻을 때도 있다. 책상에 앉아서는 잘 풀리지 않았던 삶의 문제에 대한 실마리가 나타나기도 한다.

이동하며 읽는 독서뿐 아니라 하루 생활 중 의외의 순간에도 독서가 가능하다. 하루에 한두 번 화장실에서도 나는 '응북'이라고 나름대로 부르는 책을 읽는다. 길면 열 페이지 가량 짧으면 몇 줄이지만 고도의 집중력을 발휘하는 순간에 함께한 책의 내용은 더욱 강렬하게 기억에 남는다. 이때는 다음 내용이 기다려져 참을 수 없는 책보다 가볍게 몇 장을 읽고 다시 선반에 놓아둘 수 있는 책을 주로 읽는 것이 좋다. 만약 비트겐슈타인과 같은 저자의 책을 놓아 두었다가는 화장실 이용이 스트레스가 될 수도 있다. 쉬운 내용의 에세이나 시집도 의외로 화장실과 잘 어울리는 책이다.

자리에 편안히 앉아 책을 읽을 때는 다양한 도구를 활용해서 더욱 깊이 있는 독서를 할 수 있다. 기억해 두고 싶은 구절에는 과감하세 빠른 속도로 밑줄을 긋고 나음 내용을 읽어서 십중력을 잃지 않도록 한다. 그 중에 기록해 두고, 읽고 또 읽어서 내 것으로 만들고 싶은 내용은 잠시 독서를 멈추고 노트에 한 글자 한 글자 써 둔다. 읽고, 손으로 써 보고 다시 읽는 과정을 거치면 그 내용은 머릿속에 기억이 남고 가끔 누군가와 대화를 하며 화제로 쓰이기도 한다. 이때 빠르게 밑줄을 긋고, 생각을 써 내려 갈 수 있는 손에 익은 만년필과 부드러운 종이로 만들어진 몰스킨 노트는 나의 책읽기를 더욱 즐겁게 만들어 주는 중요한 도구다.

책을 읽다 보면 과거의 경험도 떠오르고 새로운 아이디어들이 샘솟기 마련이다. 가끔은 읽고 있는 내용과는 전혀 관련이 없는 엉뚱하지만 의미 있는 생각이 떠오르기도 한다. 그럴 때 노트가 앞에 없다면 읽고 있는 책 앞뒤의 빈 종이를 활용해서 기록해 둔다. 영감을 많이 주었던 책의 경우에는 책 앞뒤가 흘려 쓴 글씨와 생각을 표현한 이미지들로 가득하다.

책을 다 읽은 후에는 컴퓨터를 켜고 다시 책의 맨 앞 장부터 넘기며 밑줄을 그었던 내용들을 페이지를 매기고 워드프로세서로 옮겨 적는다. 키보드로 입력하는 것은 손으로 써 내려 가는 것보다 훨씬 빠르기 때문에 오랜 시간과 많은 노력이 들지 않는다. 한 권에서 가장 중요한 엑기스만을 뽑아 나만의 방법으로 모아 두고 프린트해 두면 두고두고 활용할 수 있다. 가까운 친구들에게 나눠 주기도 하고, 바인더에 모아 두면 훌륭한 독서 요약 노트가 되기도 한다. 어려운 단어로 굳이 독후감을 쓰려고 스트레스를 받는 것보다 훨씬 수월하며, 저자가 쓴 텍스트를 온전하게 이해하고 기억하는 데 도움을 주는 방법이다.

이런 방법으로 책을 읽기 위해서는 직접 사서 읽는 것이 좋다. 다른 사람의 책이나 도서관에서 빌린 책에 앞에서처럼 밑줄을 긋고 메모를 하는 것은 나쁜 일이다. 서점에 가거나 편하게 집에서 받아 볼 수 있는 무료배송까지 가능한 인터넷 서점을 활용해서 책을 구입하는 것을 권한다. 물론 직접 서점에 가서 책을 펼쳐 보고 들어 보고

생각하고 기록하기

"학자가 글을 읽으면서 생각을 하지 않을 수 없으니, 생각을 하면 얻어지고 생각하지 않으면 얻지 못하게 된다. 또 생각이 있으면 기록을 하지 않을 수 없으니, 기록을 하면 남게 되고 기록하지 않으면 없어지는 것이다. 그러므로 생각하여 기록하고 또 생각하여 연구를 거듭하면 식견과 사려가 자라나서 언행이 통달하게 되는 것이요, 그렇게 하지 않으면 식견과 사려가 없어져서 언행이 막히게 되는 것이니, 비록 얻었다 하더라도 반드시 잃게 되는 것이다."
—윤휴(尹鑴), 『백호전서』(白湖全書).

책의 무게를 느끼며 구입하는 것이 가장 좋은 방법이라고 생각한다. 사람의 직관은 생각보다 정확하고 훌륭하다. 책을 고르는 것에 지나치게 스트레스 받지 말고, 양서라 부르는 책에만 의존하려 하지 말고 느낌이 오는 대로 읽고 싶은 책을 고르는 것이 더욱 좋은 방법이라 생각한다. 처음에는 물론 시행착오가 있겠지만 그러한 과정이 반복되면서 자신만의 독서방법과 책 선정에 대한 노하우가 생길 것이다. 그리고 한 달에 한 번쯤, 혹은 계절에 한 번쯤은 양쪽 어깨가 묵직해질 정도로 읽고 싶은 책을 모두 골라서 사 보는 것도 참 행복한 책읽기의 방법 중 하나다. 그때의 그 묵직한 느낌은 참 기분 좋은 느낌이다. 정독을 하기 위해서는 먼저 다독을 하며 자신만의 스타일을 찾아가는 것이 좋은 방법이 될 수 있다. 오프라인 서점에서 책을 일정량 이상 구입하면 무료로 택배 서비스를 해주기 때문에 무거워 들고 갈 걱정은 하지 않아도 된다. 지갑 사정이 된다면 한 번쯤은 원하는 책을 모두 골라 보는 것도 새로운 경험이 될 것이다.

그렇게 한두 권 읽은 책이 모여 어느 정도 분량이 되면 자신의 책장에도 이름을 붙이고, 도서관처럼 분류해서 정리해 보는 것은 어떨까? 이렇게 해두면 필요한 책을 찾기가 더욱 수월하다. 인문, 마케팅, CEO, 커뮤니케이션, 문학 등으로 잘 정리가 된 책장을 보면 뿌듯하다. 내가 어떤 분야에 관심이 많고, 어떤 책들을 주로 읽어 왔는지 알 수 있고, 지금까지 읽지 않았던 새로운 분야의 독서에 도전해 보는 계기가 되기도 한다.

요즘에는 삶의 질문이 있을 때 책장을 바라보고 있으면 책들이 먼저 손을 흔들어 나를 찾는 느낌이 들기도 한다. 나는 그저 마음 가는 대로 그 책을 꺼내고 다시 읽는다. 나의 기억 저 깊은 곳에서 보내는 메시지를 믿고 따랐을 때 후회했던 적이 없다. 그리고 앞뒤를 펼쳐 여백에 써 두었던 메모를 읽으면 당시에 어떤 생각을 하며 살았는지 삶에 대한 어떤 문제를 갖고 있었는지 알 수 있고, 물론 부끄럽기도 하지만 재미있다.

이제 20대 후반이라 많은 책을 읽어 오지는 못했지만 앞으로도 꾸준히 더 많은 책을 읽고, 적극적이고, 주도적으로 내 인생의 의문점에 대한 해답을 찾고 행동한다면 성공한 삶을 살 수 있을 거라는 희망을 갖는다.

책을 사랑하는 건 남녀 간의 사랑과 비슷하다. 책에 몰입하고 있는 동안에는 세상사가 덜 고달프고 근심 걱정도 잊어버리며 평범한 인생이 즐거워진다. 남녀 간의 사랑에는 불안이 동반된다. 하지만 책과의 사랑은 영원하다. 특히 에너지가 소진된 무방비 상태에서 읽는 책이야말로 앞으로 도약할 수 있는 산소호흡기와 같다.

"남녀 간의 사랑은 불안을 동반하지만 책과의 사랑은 영원하다"라는 구절처럼 독서는 영원한 동반자로서 훌륭한 역할을 해주고 있으며 앞으로도 그럴 것이라고 믿는다.

15
독자 주도적인 책읽기가 즐겁다

오성범

내게도 다독(多讀)의 한때가 있었다. 2년 2개월의 군 복무 시절이었는데, 무얼 해도 눈치가 보이는 이등병 때부터 전역을 하루 앞둔 내무실에서까지 책을 읽었다. 군 복무 기간 동안 내가 잃어버린 무언가를 다시 주워 담으려는 듯, 무던히 읽었다.

하지만, 아쉽게도 그때 읽었던 정치경제학 분야의 150여 권 책들은 머리에도 마음에도 거의 남아 있지 않다. 온라인 독서 블로그에 장구한 독서 후기를 올리지 않았더라면, 기억을 복원하는 것조차 어려웠을 것이다. 잃어버린 시간들이 나의 책읽기 습관에 대해 남긴 물음표가 적지 않았다. 그 물음표와 느낌표를, 나와 다르지 않은 독자들에게 전하고 싶다.

책을 어떻게 읽는가. 방법론에 대한 발언은 많다. 서점에 발걸음하시면, 책읽기 습관을 제시하거나 책읽기 편력을 드러내는 많은 책들을 만나실 수 있다. 방송과 신문에 눈길을 주셔도 된다. 새로 나온 책, 많은 독자들에게 선택받은 책, 매 시기 사회적 이슈를 안고 다시 나온 책까지, 다듬어진 말과 글로 알려 준다. 나 역시 구독하는 일간지에서 책 소개 지면을 즐겨 읽는다. 꾸준히 서점에 들러 관심 있는 코너를 둘러보며, 출판사와 서점의 메일링리스트 이메일도 잊지 않고 확인하는 편이다.

하지만 이렇게 친절한 정보, 좋은 습관도 어떤 독자를 만나는가에 따라 다르게 쓰인다. 자신의 욕구로 걸러내지 않은 정보는 양적·질적으로 독자를 압도한다. 우리는 많은 독자들이 뚜렷한 기준 없이 베스트셀러를 선택하거나, 출판 트렌드에 휩쓸리는 것을 목격한다.

사실, 우리는 꽤 오랫동안 '독서신화'를 주입받아 왔다. 아이가 태어나면 무턱대고 전집과 백과사전부터 구입한다. 학교에서는 어떠한가. 의무적으로 참가해야 하는 학창 시절의 숱한 독후감 대회는 물론, 대학입시와 논술시험을 위해서도 책읽기를 강요받는다. 책상머리에 명문대에서 선정한 권장도서 100권 목록을 붙여 놓고, 고전과 씨름한다. 신문을 펼쳐들면, 준수한 외모를 갖춘 작가들의 스틸 사신이 시선을 끌며, 책 한 권 구입하러 서점에 들르거나 온라인 웹사이트에 방문했다가 열등감을 자극하는 책 제목들 사이에서 길을 잃기도 한다. 책 읽기 좋은 계절, 가을이 매해 잊지 않고 찾아온다. 이쯤 되면, 책읽기는 행위 자체만으로 인정받는 것 같다.

독서를 둘러싼 훌륭한 사회적 인프라를 '신화'라고 비방하는 것은, 이 모든 것들이 '무엇을 읽는가'와 '어떻게 읽는가'에만 집중되어 있기 때문이다. 책읽기를 신화화하고 책에 대한 정보를 홍수처럼 쏟아 내는 사회에서, 자신의 솔직담백한 책읽기 욕구는 희석되어 발견하기 어렵다.

가장 중요한 것은 '왜 읽는가' 이다. 그 욕구에 따라, '무엇을 읽는가' 와 '어떻게 읽는가' 가 결정된다고 할 수 있다. 숱한 방법론들은 이때에 이르러서야 비로소, 그것도 선택적으로 필요해진다. "책을 많이, 잘 읽어야 한다"는 당위명제 아래 무조건적으로 받아들인 많은 정보와 습관들은, 결국 독자의 지적 에너지를 허비하게 할 것이다.

'자신의 욕구에 충실한 책읽기' 는 책을 선택하는 과정뿐만 아니라, 책을 읽고, 특정 형태의 지적 결과물을 산출하기까지 모든 과정에 유효하다. 나는 이것을 '독자 주도적인 책읽기' 라고 표현하고 싶다. '욕구의 발견' 이라는 알쏭달쏭한 작업을 돕기 위해, 몇 가지 방법을 소개하겠지만, 이 방법들이 또 하나의 준수해야 할 '습관' 이 되지 않기를 바란다. 그저 욕구를 표현하기 위해 시도해 볼 만한, '선택사항' 에 불과하다는 것을 덧붙인다.

우선, 평소에 자신만의 책읽기 목록을 만들어 두면 좋다. 단, '읽고 싶다' 라는 감정에는 허수가 많으므로, 약간의 검증장치(?)를 도입한다. 관심 분야를 정했으면, 해당 분야에서 알고 싶거나 얻고 싶은 것들을 짧게 기록해 덧붙이는 것이다. 이제 여러 통로를 통해 접하는 책 관련 정보들은 자신이 만든 목록을 기준으로 재분류하고, 새로운 관심 분야가 생기면 목록을 새로 추가하여 관리한다. 직접 서점에 발걸음해서, 주도적으로 관련된 책들을 찾아보면 더할 나위 없이 좋다. 다만, 신중하게 고른 책을 목록에 넣을 때는, 마찬가지로 이 책을 통해 해당 분야의 무엇을 배울 것인지 구체적인 메모를 덧붙인다.

이렇게 완성된 책읽기 목록은 주변의 독서신화와 정보의 바다에서, 자신의 관심과 욕구를 돌보는 '나침반'의 역할을 할 것이다.

둘째, 책을 고를 때는 제목보다 서문을 꼼꼼히 읽는 것이 좋다. 서문을 읽는 것은 독자와 작가 사이의 첫번째 대화라고 할 수 있다. 사변적으로 쓰여진 서문도 많지만, 서문은 일반적으로 작가의 집필 의도를 담고 있기 마련이다. 독자에게 '왜 읽는가'가 중요하듯이, 작가가 '왜 썼는가'를 드러내는 서문은 중요하다. 독자는 서문을 읽음으로 해서, 이 책이 자신의 책읽기 욕구와 부합하는지 확인할 수 있고, 주도적인 책 고르기를 할 수 있다.

셋째, 독서 전기(前記)를 써보자. 흔히, 독서 후기를 강조하지만, 이 책을 왜 읽으려는지, 무엇을 배울 것인지, 읽기 전에 쓰는 것이 좋다. 일단, 책을 읽기 시작하면, 독자는 작가가 차려 놓은 순서와 텍스트를 따를 수밖에 없는데, 이 과정에서 준비되지 않은 독자는 작가에게 끌려가기 쉽기 때문이다. 책의 서문을 통해 작가와 1차적인 의사의 합치를 이뤘지만, '주제'만큼 '대화의 방식' 또한 중요하다는 것이다.

책읽기 목록을 작성하고 서문을 읽는 것이 책을 선택하는 과정에서 독자의 주도권을 지켜준다면, 독서 전기는 책을 읽는 과정에서 독자의 나침반이 되어 줄 것이다.

글쓰기가 부담스럽다면, 굳이 정식화된 문장을 갖추는 데에 연연하지 않는 것이 바람직하다. 하지만, 짧은 메모라 하더라도 반드시 위계적 구조를 갖춘 글쓰기가 필요하다. 생각은 표현의 과정을 통해서 명확하게 정리되기 때문이다.

넷째, 완독(玩讀)·정독(精讀)에 대한 의무감을 잠시 내려놓고, 발췌독을 해보자. 앞서 언급했듯이, 책읽기는 기본적으로 쌍방향 소통이 아니다. 한 명의 작가로부터 불특정 다수의 독자를 향한 일방향 소통이다. 작가가 개별의 독자가 원하는 것만을 이야기할 수 없는 것처럼, 독자 역시 모든 책을 정독하고 완독할 필요는 없는 것이다. 책의 목차를 찬찬히 살피면서, 내가 필요로 하는 부분이 어디인지 살펴 선택적으로 읽는다.

물론, 발췌독은 특정 분야의 책읽기에만 사용될 수 있고, 자칫 작가가 전달하려는 맥락을 놓칠 수 있다는 위험도 있다. 독자들의 판단이 필요한 부분이다.

책읽기의 본질은 작가와 독자의 대화이다. 그런 점에서, 책은 대화를 나누는 수단이며 매체일 뿐이다. 따라서, 독자 주도적 책읽기는 책의 불완전한 매체적 특성을 보완하는 하나의 방법이 될 수 있다. 주도적이라는 것은, 관계의 우위보다는 수평적인 관계를 뜻한다. 책을 선택하고, 읽고, 얼마간의 지적 성장에 이르는 모든 과정에서, 독자 스스로 자신의 욕구에 더욱 충실한다면, 책읽기가 더욱 즐거워지지 않겠는가. 모든 독자들의 즐거운 책읽기를 응원한다.

16

책 더미 속 공개 토론회

원종윤

도서관은 문화적 공간으로서 점차적으로 시민들에게 친숙하게 다가오고 있다. 과거와는 달리 그 숫자가 큰 폭으로 증가하고 있으며, 시민들의 접근성을 위해서 30분 이내에 쉽게 도착할 수 있는 거리에 대부분 있다. 그리고 요즘은 책읽기 운동이나 동아리 활동이 책읽기의 이점과 방법을 널리 알리는 역할을 하고 있다. 독자들은 '갑자기 이유 없이 도서관 이야기를 왜 하는 걸까?' 라는 질문을 할지도 모른다. 나는 이 질문에 대해서 이렇게 답하겠다. 도서관이 정보교류나 또는 문화적 운동(토론회, 교수 초빙 강연 등)을 통해 책읽기 방법과 사고 확장에 많은 도움을 받을 수 있는 곳이라고 생각해서 추천을 하고 싶었기 때문이다. 그리고 뒤에서 중점적으로 설명할 '비교하며 읽기'가 행해지기에 가장 적합한 장소라는 생각이 들었기 때문이다.

나는 사상, 진리 또는 법칙이라고 불리는 것들이 획일화된 것이 아니라 상대적이고, 언제든지 변할 수 있는 것이라고 생각하고 있기 때문에 필자의 한 가지 주장만을 듣지 않고 한 가지 주제에 대해 여러 의견을 들을 수 있는 비교하며 읽기를 종종 한다. 비교하며 읽기는 호모 부커스의 포괄적인 겹쳐 읽기라는 것의 한 부분으로 단기간 안에 여러 책을 주제별로 정해서 읽는 방법이다. 나는 비교하며 읽기 대한 중요성을 좀더 부각시키기 위해서 나 자신의 경험을 토대로 자세히 설명하려고 노력했다.

자습서나 문제집, 법전과 같은 일방적으로 지식을 전달하는 책을 제외하면 대부분의 책 속에서는 서로 자신의 주장을 합리화시키기 위해 근거나 경험 또는 심지어는 소설 형식의 이야기 구조로 필자가 독자를 설득한다. 하지만 책을 만들어 내는 것도 사람이기 때문에 고정적인 시각에서 바라본다든가, 또는 근거로 쓰일 중립적인 정보를 자신의 주장에 대강 억지로 끼어 맞추는 오류를 종종 범할 수 있다. 그렇기 때문에 세상 사람들의 모든 말을 믿을 수 없듯이 지식을 함축하고 있는 책도 검토되고 필터링되어야 된다고 생각한다. 그래서 나는 비교하며 읽기가 꼭 필요하다고 말하고 싶다. 비교하며 읽기의 과정은 크게 세 가지로 분류되는데 첫번째로 내용 찾기, 골라내기, 두번째로 이해하고 암기하기, 마지막은 생각해 보고 비판하기 이다.

좀더 구체적으로 이해를 돕기 위해 도서관에서의 나만의 책 읽는 습관을 말해 보자면, 나는 책을 두루 살펴보다가 흥미로운 책이 발견되거나, 혹은 미리 읽기로 한 책이 있다면 책장에서 보통 때와 같이 책을 꺼내서 읽기 시작한다. 그러다 문득 책을 읽다가 납득이 되지 않거나 논쟁거리가 떠오르면 의자에서 일어나서 다른 책을 찾기 위해 처음에 책을 가지고 왔던 책장으로 다시 돌아간다. 한 분야별로 잘 정리된 책장 속에서 비교할 책을 손쉽게 찾을 수 있는데, 나는 여기서 확인차 우선 책의 가장 앞부분인 목차를 가장 먼저 본다. 목차는 글쓴이가 하고자 하는 말을 가장 요약해서 나타낸 부분이며, 앞으로 글이 어떻게 전개될지 추측할 수 있는 부분이기 때문이다. 그러나 목차가 없는 책도 종종 있는데 목차가 없는 책의 경우 앞부분의 3~4쪽 분량의 책 머리글을 읽어 보면 책의 전체 내용을 쉽게 판단할 수 있다. 목차를 통해 서로 논쟁거리가 될 수 있다는 판단이 서면 비교하며 읽기를 시작한다.

『짐멜의 사회학』의 목차

제1장 짐멜의 생애와 학문

제2장 사회이론

제3장 형식사회학

제4장 분화이론

제5장 화폐의 철학

주체의 욕구에 대한 실질적인 만족도가 객체에 대한 가치평가의 토대가 된다. 우리는 타인을 통해서만 우리의 자아를 이해할 수 있고 역으로 타인들의 경우도 마찬가지이다. 이러한 상대성이 가장 응축되어 있는 것이 짐멜에 의하면 바로 화폐인 것이다. 화폐는 관계가 객관화된 것을 나타내는 결정체라 볼 수 있다. 객관화는 경제체계 내에서 교환 가능성이 성립됨을 의미한다. 그리고 더 나아가 객관화는 사물들이 서로에 의해 규정되고 그런 방식으로 관계의 상호성에 토대를 두게 되는 형식을 나타내는 표현이다.(김태원,『짐멜의 사회학』, 147쪽)

자본주의자로 존재한다는 것은 생산에서 순수하게 개인적 지위뿐만 아니라 사회적 지위를 차지한다는 것을 의미한다. 자본은 공동의 산물이며 오로지 많은 구성원의 공동 활동을 통해, 결국 사회 전체 구성원들의 공동 활동을 통해서만 비로소 가동될 수 있다. 그러므로 자본은 개인적인 권력이 아니라 사회적인 권력인 것이다.(칼 맑스,『공산당선언』 중에서)

위의 내용은 자본주의를 주제로 비교하며 읽기를 한 것을 간략하게 제시한 것이다.

첫번째로 비교하며 읽기는 책 전체를 완전히 읽는 방법이 아니라 핵심적인 부분만을 골라서 읽는 방법이다. 위의 발췌한 부분을 통해서 내가 했던 방법을 토대로 어떻게 읽을 만한 자료를 골라 내고, 중요하지 않은 자료를 어떻게 구별할지를 볼 것이다. 우선 목차를 잘 보길 바란다. 목차는 숨겨진 보물 지도와 같은 역할을 한다. 지도와 함께 책읽기 항해를 시작하자 1장이라는 외딴 섬이 보였다. 그러자 머릿속으로 '생애, 학문? 내가 비교할 주제와는 아무런 연관성이 없겠구나' 라는 생각이 들자 나는 이를 제외시키고 가장 밀접한 관계를 가지고 있는 보물이 있는 5장을 찾아 갔다. 그렇게 해서 5장으로 다다르자 자본주의에 관한 보물 상자가 눈앞에서 빛나고 있었다. 그런데 이게 웬걸? 보물 상자는 굳게 닫혀서 열쇠를 요구하며 상자를 열어 주지 않았다. 즉 자본주의라는 것에 대해 이해할 수 없었다는 뜻이었다. 나는 화가 나서 5장 속에서 열쇠를 구하기 위해 책을 뚫어지게 쳐다봤다. 그러던 순간 반복적으로 책 속에서 필자가 사회학(개인과 개인, 상호성), 사회학을 연달아 외치고 있는 것이 아닌가. 순간 '아! 이거구나' 라고 생각하며 핵심내용 2, 3장을 열심히 읽었다. 그리고 목차와 책의 제목을 통해서 2, 3장의 핵심단어가 반복되는 물증을 얻자마자 최대한 효율적으로 나머지는 제쳐 놓고 나는 2→3→5만으로 보물을 찾을 수 있었다. 이것은 주장-근거라는 보편적인 구조에 관한 선택하여 읽기를 과정을 통해 서술해 봤다. 그러나 책의 구조는 다양하다. 예를 들어 다른 책에는 다른 목차가 있을 터인데, 만약 모두 다른 근거들이 연계성을 통해서 자본주의라는 큰 주제를 설명하고 있다면, 다시 밀해 책의 목차가 모두 연관성 있게 설명하고 있고 뒤에 결론을 도출하는 구조라면 이는 글을 올바르게 이해하기 위해서 책 전체 부분을 읽어 봐야 할 필요가 있다.

넘어가서 책을 제대로 이해하기 위해서는 첫번째로 정독과 반복해서 읽기가 중요하다. 독자들의 경우 이 내용을 너무 많이 들어서 귀가 따갑겠지만, 어려운 문장이나 집중하지 못한 부분을 이해하기 위해 반드시 필요하고 중요하니, 다시 한번 짚고 넘어갈 필요가 있다. 두번째로 나무뿐 아니라 나무의 뿌리도 볼 줄 알아야 한다. 대부분 책들의 가장 핵심적인 주제는 대략 열 쪽 분량의 아주 작은 분량이라는 것을 경험을 통해서 알게 되었다. 간단히 말해서 책의 핵심 부분은 축약되어 있는 것이다. 사실 이것 때문에 선택하여 읽기가 가능하다. 나무의 열매나 줄기는 나무의 뿌리보다는 커서 많은 페이지를 차지하고 있지만 정작 나무의 뿌리는 작고 드러나 있지는 않지만 핵심부분만을 말하고 있다. 그런데 여기서 독자들은 ‘핵심부분 어떻게 찾지?’ 라는 질문을 할 순간이다. 어떻게 보면 이것은 모든 책을 이해하는 데 가장 기초적인 것인데, 대부분 책의 제목에 나타나 있거나, 또는 글을 읽다 보면 자주 반복하는 부분인 경우가 많으며, 접속사·표현·수식어 등을 통해서 알 수 있다. 그리고 더 능동적으로 구조를 만들어 보는 것을 통해 뿌리를 쉽고 빠르게 찾을 수 있다. 뿌리를 찾기 위해 책을 읽고 나무 전체를 그려 보면서 뿌리가 있을 부분을 예측할 수 있고 이해할 수 있으며 더불어 쉽게 필자의 머릿속을 간략하게 볼 수 있기 때문이다. 사실 첫번째의 내용 찾기와 똑바로 이해하기의 핵심은 구조 파악과 핵심문장을 찾는 기술과 감각과 연관되어 있으므로 많은 독서를 통해서 감각적으로 습득하기를 바란다.

이해를 했다면 다음 어떻게 머릿속에 입력할까? 밑줄 친 부분은 두 주제에 관해서 핵심 되는 내용이다. 이 부분을 따로 정리해 표시해 두고, 여러 번 읽어서 기억해 내도록 노력해야 한다. 이 같은 방법을 하는 이유는 책을 읽은 후에 언제 어느 장소든지 두 주장에 대해서 생각해 보고 비판하기 위해서인데, 나 같은 경우는 '권력'과 '관계'라는 간단한 핵심단어를 입력시켜 놓고 이 두 가지 단어를 매개로 해서 여러 가지 내용을 총체적으로 머릿속에서 연상시키려고 노력한다.

세번째 단계로, 이것을 마친 후에 나는 책들의 의장(議長)이 돼서 서로의 주장을 들어 보면서 상반된 의견은 조율해 보고, 비슷한 내용이나 의심 가는 내용은 타당한지 다시 생각해 본다. 개인적으로 나는 펜으로 도표를 만드는 방식으로 정리해 보고, 후에 개인적인 생각을 쓴다. 다음으로 넘어가서 이것을 충분히 하였다고 생각하면 마지막 단계로 저자 서문, 또는 에필로그를 읽어 본다. 마지막으로 내가 이 같은 것을 하는 이유는 내용을 정리하고 글의 핵심을 잘못 이해하지 않았는지 혹은 중요한 부분을 놓치진 않았는지 검토하기 위함이다. 글의 첫번째와 그리고 마지막 부분은 거의 책의 중요 부분을 모은 경우가 많고, 작가가 꼭 중요하고 필요한 말을 하기 때문에 나는 꼭 이 부분을 읽고 넘어 간다.

한 가지 주제에 대해서 비슷한 종류의 책들과 씨름하나 보면 한 분야의 배경지식을 여러 책들을 통해서 단기간에 중복해서 읽기 때문에 깊고 자연스럽게 익힐 수 있다. 그리고 단순하게 지식의 습득을 넘어서 여러 필자로부터 자신의 주장을 들으면서 내 머릿속을 짧은 기간 동안 서로의 주장을 발표하는 책 더미 속 토론장으로 만들 수 있었다. 대화가 시작되면서 여러 가지 의견에 대해서 다방면적으로 생각해 보고, 참신한 생각과 논리적인 사고를 정리할 수 있었으며, 궁극적으로 사고를 확장할 수 있었다.

　수많은 책 속에는 그 목적에 따라서 수많은 글쓴이의 전개 방식을 가지고 있다. 정보를 전달하기 위한 설명문, 논리적으로 독자를 이해시키기를 원하는 논설문, 함축적으로 의미를 숨겨 여운과 공감을 전달하는 시나 소설 등의 문학작품. 항상 글쓴이의 전개 방식이 이러한 방식에 속하는 것은 아니지만 굳이 큰 틀에서 나누어 보자면 이렇다는 것이다. 그런데 여기서 서로 다른 글쓴이는 각자 다른 방식으로 독자들에게 설명하고자 하는 것을 다르게 표현하고 있는데, 독자들은 같은 방식으로 일관되게 읽어야 할까? 아니다. 나는 다른 책들마다 다른 방법이 필요하다고 말하고 싶다. 분명히 글쓴이가 전달하는 방법이 달라지면 수용자의 태도도 변해야 된다. 그래야 글을 제대로 이해할 수 있기 때문이다.

　앞에서 비교하며 읽기라는 것에 대해서 설명했다. 그러나 이와 같은 방법은 자신의 수준을 넘은 책이나, 또는 특히 문학성이 있는 작품에 대해서 사용할 필요가 없다. '비교하며 읽기'라는 것은 단기간 안에 여러 책을 읽으면서 서로의 생각을 정리해 보고 그 속에서 나 자신만의 생각을 찾아 내는 활동이다. 그러나 특히 문학작품이나 소화하기 어려운 글의 경우 단기간 안에 여러 다른 작품을 접하게 되면 글의 세세한 표현을 놓칠 여지가 충분히 있으며, 작품에 대해서 제대로 감상하지 못함으로써 결국에는 작가와의 의사소통이 결여된 자신만의 생각을 정리하는 오류를 범할 수 있기 때문이다.

　비교하며 읽기에 대해서 사람마다 단시간 안에 여러 책을 같이 읽으면 글에 집중하지 못해 정신이 산만해지는 것을 느끼는 사람도 있을 수 있고 또는 필자가 말하고자 하는 바를 제대로 읽지 못해서 양질의 독서를 할 수 없을 거라고 비판하는 사람도 있을 것이다. 장담하건대 모든 개인에게 유용한 독서법과, 서로 다른 분야의 책에 대해 수학 공식처럼 전체적으로 딱 들어맞는 독서법은 없다. 적용해 보고, 익히고, 자신의 것으로 재창조하자!

17
책 읽는 방법? 그런 게 어디 있어!

이찬우

나는 책을 읽는 것을 좋아한다. 어떤 이들은 "책이라는 매체 그 자체가 좋다"라고도 말을 한다. 그에 비해 나는 매체가 갖고 있는 특성보다는 책이라는 것이 담고 있는 내용을 더욱 좋아한다. 바쁘다는 핑계로 책을 등한시한 경향이 있기에 '공부'라는 명목을 만들어 책읽기를 스스로에게 강요하기까지 한다.

세상에 책을 좋아하는 사람이 무척 많다는 사실을 잘 알고 있다. 지하철에서도 많은 사람들이 책을 읽는다. 물론 DMB나 PMP 등을 보는 사람도 있긴 하지만 예상외로 책을 손에 들고 있는 사람들도 많다. 그러나 책을 읽는 방법은 모두 제각각인 것 같다. 이는 책뿐만이 아니라 글 한 편을 읽는 방법도 다르다는 것을 의미한다. 수험생 시절 학원을 다니다 보면 비문학 지문을 학생들마다 각기 다른 방법으로 읽는 모습을 많이 본 적이 있다. 학생들마다 읽는 방법이 다름에도 내용을 이해하는 수준에 있어서는 비슷한 경우도 있고, 혹은 바람직한 방법이라 보이는데도 이해를 못하고 읽는 학생보다 못

한 경우가 있기에 책 읽는 방법은 정해진 것이 없다는 것을 느껴 본
일이 있었다. 그래서 나는 책을 어떻게 읽는지 한번 생각해 보았다.

문학, 특히 소설을 읽을 때와 인문·사회과학 서적을 읽을 때 그
방법이 달라야 한다. 먼저 소설을 읽을 때의 책은 과연 이 사람이 책
을 읽고 있나 싶을 정도로 깨끗하다. 책갈피를 끼워 가며 읽어 책을
접은 자국조차 남기지 않는다. 좋아하는, 마음에 드는 구절이 나와
도 표시하지 않는다. 그냥 읽고 지나간다. 이러다 보니 나중에 감상
문을 쓰거나 블로그에 책에 대해서 올릴 때 다시 책 전체를 뒤져서
그 구절을 찾아야 하는 수고를 겪기도 한다.

소설을 이렇게 읽는 이유는 아마 책에 빠져들어야 하기 때문일
것이다. 작가가 만들어 놓은 세계에 들어가 버려 독자는, 책을 읽는
순간에 독자와 책이라는 개념을 넘어 버리는 것 같은 느낌을 받아야
한다. 책을 들고 밖에서 세계를 들여다보는 것이 아니기에, 그 속에
서 주인공과 함께 생각하고 행동하여 주인공의 입장에서 소설을 읽
을 수 있어야 한다. 이는 내가 문학, 특히 소설작품에 있어서 객관적
인 평가를 잘 내리지 못하는 이유를 설명해 준다. 책을 책으로서 대
하지 못하고, 내 앞에 펼쳐진 또 다른 세상이라 생각하는 나는 감히
그 세상을 훼손하는 행위를 하지 못한 채 그저 작가가 만들어 준 대
로 따라가기만 할 뿐이라는 것이다. 물론 그러다 보니 독서가 끝난
후, 작품이 기대에 미치지 못했을 때 느끼는 감정이 허무함이 될 수
도 있다. 하지만 소설은 이렇게 읽어야 작가 그리고 주인공들과 마
음으로 얘기할 수 있을 것이다.

이에 반해 인문·사회과학, 철학 등의 책을 읽을 때는 다르다. 읽다가 중요하다고 생각되는 문장에는 모조리 밑줄을 긋고, 의문이 있는 부분은 메모를 한다. 인문·사회과학, 철학 등의 책들은 우리의 지식이 닿지 않는 부분이 나오면 이해하기 어렵다. 반대로 이러한 종류의 책을 읽는 것은 우리가 가지고 있지 않은 지식들을 얻기 위함일지도 모른다. 이렇게 이해를 하기 어려운 책을 읽으려면 책을 철저히 분석해야 한다. 중요한 문장에 밑줄과 모르는 부분을 메모하고 다른 책을 찾아보며 이해를 한다면, 책을 읽어서 지식을 얻는다는 기쁨과 독서와 함께 공부를 했다는 뿌듯함이 같이 전해져 올 것이다. 비문학을 이렇게 읽다 보면 읽는 방법이 생긴다. 이러한 방법을 정리하자면, 다섯 가지 정도의 비결이 생기게 된다.

첫째, 제목을 읽어라. 제목의 단어 하나하나의 의미를 명확히 파악한다. 무언가 모르는 단어는 사전과 같은 자료를 통해 의미를 명확히 확인한다. 그리고 제목이 책의 내용에 대해서 말하는 것인지 예상해 본다. 그러면 책을 읽기 전에 이 책에 대해서 예상이 가능해진다. 그리고 목차도 먼저 읽어 본다. 목차는 책에서 독자가 얻을 수 있는 내용의 메뉴가 된다. 책의 내용과 구조에 대하여 목차는 우리에게 미리 귀띔을 해주는 조언자 역할을 한다.

둘째, 책을 외부에서부터 읽기 시작하라. 머리말이나 서문을 먼저 읽는다. 그 다음에는 결론이나 종결부를 읽어라. 이 과정이 끝나면 한번 생각을 해본다. 이 글을 쓴 작가의 목적은 무엇일까? 혹은 이 책의 주제와 말하는 바는 무엇일까?

작자 미상, 「책거리」, 18세기.

천국의 책방

"1만 권의 책을 모아 비단으로 싸고, 서화첩(書畵帖) 1천 축(軸)을 수집하여 귀한 비단으로 싼다. 그리고 거문고 1대(臺), 저〔笛〕 1대, 칼이나 창, 자기 술그릇, 좋은 향(香), 오래된 솥, 비단으로 장식한 탑상(榻床), 소병(素屛)·다구(茶具)·묵품(墨品) 등을 갖춰두고 여가가 있는 날 그 속에서 시를 읊으며 속된 세속의 일로 인한 누(累)가 없다면, 이런 경지야말로 동방(東方)의 정토(淨土)요, 인간세상 중의 선경(仙境)이다."

―진계유(陳繼儒), 『암서유사』(巖棲幽事).

셋째, 각 챕터 역시 외부에서부터 읽어라. 각 챕터의 첫 단락과 마지막 단락을 먼저 읽어 본다. 이렇게 하고 위에서 언급한 과정을 반복한다면 그 책이 다루고자 하는 주요한 주제와 논거에 대해 비교적 선명한 예상을 할 수 있으며, 책 한 권을 이렇게 읽는다면 완벽한 이해를 할 수 있을 것이다.

넷째, 이제 진지하게 마지막 단계의 읽기를 시도한다. 각 챕터를 순서에 따라 천천히 읽어 나간다. 한 문단의 구성이 잘 되어 있다면, 그 문단의 핵심문장만으로 그 문단이 다루고자 하는 바를 알아낼 수 있다. 따라서 능동적인 독서는 각 단락의 핵심문장에서 어떤 단락의 내용이 가장 중요한가에 대한 단서를 바로 바로 파악해 가면서 읽는 것이다. 모든 문장이나 단락이 다같이 중요한 것이 아니다. 그 책이 다루는 주제와 논거에 대해 독자가 지금까지 알고 있는 바에 의거해서 책의 어느 부분이 중요할 것인지 판단할 수 있게 된다. 할 수 있다면, 자신의 관심과 목적에 특별히 관련이 깊다고 생각되는 부분을 표시하는 것도 좋은 방법이 될 수 있다.

다섯째, 노트를 한다. 읽은 것의 세부적인 사항이나 내용보다, 읽은 것에 대한 여러분의 생각을 기록한다. 무엇이 나를 놀라게 했는가? 무엇이 특히 핵심적인 것으로 보이는가? 무엇이 의심스러워 보이는가? 다른 책에서 읽은 무엇이 지금 읽고 있는 작가의 주장이나 논점을 강화하거나 또는 반박하고 있는가? 이와 같은 종류의 노트 작성은 여러분의 독서를 능동적으로 만들고, 여러분들이 읽은 것을 기억하는 데 실제로 다른 어떤 방법보다 더 도움이 될 것이라고 생각한다.

위에서 제시한 다섯 가지 방법으로만 책을 읽는다는 것은 잘못된 생각이다. 책을 읽는 방법은 무궁무진하다. 전 세계 60억의 사람이 독서를 하면 60억 가지의 책 읽는 방법이 존재한다는 것이다. 위에서 기록한 책 읽는 방법은 다만 참고 사항일 뿐이다. 사람마다 책을 읽는 방법도 다르고, 그 이해도도 다르며, 그 깊이도 다르고, 그 반응도 다르다. 나는 이것이 너무 좋다. EBS 수능 언어 영역 강의에서처럼 "비문학은 앞에다 문단 번호 달고! 중심문장에 밑줄 긋고!" 하는 식으로 모두가 그렇게 읽는다면 무슨 의미가 있을까라는 생각이 든다. 더 많은 사람이 더 다양한 방법으로 책을 읽고, 그 방법을 자유롭게 공유할 수 있다면 우리 사회가 "책읽기"라는 위대한 취미에 있어서 더욱 발전할 수 있지 않을까 생각해 보았다.

18
넘나들기, 혹은 버뮤다 삼각지대에서
감자줄기를 뽑아들다

최은희

언제부턴가 내 책상에는 여러 종류의 책들이 함께 나뒹굴기 시작했다. 그 책들의 면면을 살펴보면 다음과 같다. 막 읽기 시작한 책부터, 읽기 시작한 지 며칠에서 일주일이 넘은 책들과, 그 책들 사이에서 틈틈이 쉬어 가기 위해 읽는 책까지, 심지어는 그 책들과의 인연으로 만난 오려 낸 신문조각이나 DVD와 음악 CD 등이 어지럽게 '버뮤다 삼각지대'를 형성하고 있다. 나는 내 책상 위 '버뮤다 삼각지대'를 항해하는 배의 선장이자 선원이자 승객이다.

이런 증상이 보이기 전만 해도 나는 정상적으로(?) 책을 읽는 사람이었다. 한 권을 다 읽거나, 읽던 책을 중단하고 나서야 새로운 책을 읽었다는 얘기다. 그리고 시간이 걸리더라도 토씨 하나 놓치지 않고 뼈다귀에서 골수를 쏘옥 빼먹듯이 한 글자 한 글자를 읽어 냈다. 소위 내 방식대로의 '정독'을 한 셈이다. 배불리 먹은 자의 트림처럼 마지막 책장을 덮는 순간 자기만족과 뿌듯함이 함께 찾아오곤 했다.

그러던 중 한 잡지에 실린 이윤기 씨의 독서법에 대한 글을 읽은 적이 있다. 그가 사전을 끼고 사는 이유가 책읽기의 핵심이었다. 책을 읽다 보면 모르는 단어가 나와 사전에서 그 단어를 찾게 되는데, 또 그 단어의 뜻에서 모르는 단어가 나와 또 다시 사전에서 그 단어를 찾게 되고, 그도 성이 안 차면 그 단어를 이해하기 위한 책까지 읽게 된다는 얘기였다. 마치 감자밭에서 감자줄기를 뽑아 올리면 하나의 감자가 아니라 여러 개의 감자가 동시에 달려 나오듯이 책을 읽는다는 것이다. 고백하건대 그때까지만 해도 나는 "내가 '어떻게' 책을 읽고 있는지 모르고 있다"는 사실조차도 몰랐다. 잘은 모르지만 책을 좋아하고, 좋아하다 보니 사람들과 책이야기를 자주 하게 되며, 결국에는 책읽기를 방해하는 환경 속에서도 즐길 수 있게 되었다. "모르는 것을 아는 것은 좋아하는 것만 못하며, 좋아하는 것은 즐기는 것만 못 하느니라"(『논어』, 「옹야」)는 공자님의 말씀처럼 어느새 책읽기를 즐기는 단계에 이른 것이다. 혼자 짝사랑하고 좋아하다 싫증나면 그만두는 것이 아니라 여럿이(여러 분야와 매체를 통해) 책읽기의 즐거움을 나누는 수고를 두려워하시 않게 된 것이다.

그리 대단할 것도, 특별할 것도 없는 나의 독서방법을 이제 본격적으로 소개해 보자.

한 권에서 시작된 나의 독서는 다양한 가지들이 생겨나면서 차츰 방대해진다. 처음부터 여러 권을 넘나들며 읽기를 작정한 것이라면 오히려 갈팡질팡하다가 뒤죽박죽인 채로 끝나 버릴 것이다. 내게는 본격적으로 '감자줄기 독서법'(통합적 책읽기)을 인식하게 된 계기가 있었다.

언젠가 신문에서 '인문학의 위기'를 특집기사로 다룬 적이 있었다. 흥미로운 내용인지라 무턱대고 내 것이라는 영역 표시를 하기 위해 그 기사를 싹둑 오려 두었다. 우연히 다시 펼쳐 든 그 기사에는 『희망의 인문학』(얼 쇼리스, 이매진)이라는 책이 소개되어 있었다. 인문학이 가난을 벗어나게 해준다는 그 책의 주장에 나의 궁금증은 커져만 갔다. 그러던 중 예전에 읽었던 『세계화의 덫』(한스 페터 마르틴·하랄트 슈만, 영림카디널)에서 세계화로 인한 양극화 현상을 자세히 다루었던 것이 떠올랐다. 만만치 않은 두 인문·사회과학 책을 읽어 내기 위해선 지원군이 필요했다. 바로 영화보기다. 이미지와 영상의 도움을 받기로 결심한 나는 켄 로치 감독의 「빵과 장미」라는 영화를 보며 신자유주의 시대를 살아가는 서민들과 그들의 저항하는 외침을 들여다볼 수 있었다. 그 영화의 이미지를 발판 삼아 대충 훑어본 두 책에 숨어 있는 담론들을 보다 구체적인 삶의 모습들 속에서 발견해야만 했다. '책 속에서만이 아니라 현실 속에서도 가능할까?' 의심이 든 것이다.

이론만이 아닌 실천을 찾던 중 국가인권위원회에서 격월로 내는 『인권』이라는 잡지에 보다 구체적인 담론들이 다양한 형태들로 논의되고 있다는 사실을 만화책(『십시일반』)을 통해 알게 되었다. 사람답게 살 최소한의 권리조차 빼앗긴 우리 주변에 살고 있는 사람들의 인권문제를 다루는 잡지라 그런지 훨씬 분명하게 다가왔다. 하지만 이것만으로도 부족했다. 또 다른 연결고리이자 지원군이 필요했다. 바로 책이야기를 나눌 사람들이다. 나는 읽지 않은(남에게 들어본 책, 읽지는 않았지만 몇몇 정보를 가진 책, 대충 훑어본 책 등등) 책에 대해 마치 읽은 것처럼 이야기하는 것을 좋아한다. 물론 나도 처음엔 '읽지 않은 책'이라는 사실을 까맣게 모른 채 읽은 책인 양 이야기를 하고 있는 나를 발견하고 적잖게 놀랐었다. 하지만 그런 두려움 없는 자세가──물론 그 사실을 알고부터는 대놓고 더 적극적으로 읽은 척을 했다──나의 독서지평을 넓혀 주는 마스터키가 되었다. 결국 책읽기는 '관계맺기'다. 소비적인 책읽기에 많은 시간을 낭비해 본 사람으로서 뼈저리게 느끼는 그 한마디는 '소통'이다. 소통 없이 끝나는 단 한 권의 책은 그 책장을 덮는 순간 한 권의 책 그 이상도 그 이하도 아닌 것으로 남는다.

이제 책 속에서만 꿈틀대지 말고 책 밖으로 나와 보자. 책과 또 다른 책의 관계맺기, 책과 나의 관계맺기, 책과 담론의 관계맺기, 담론과 세상의 관계맺기를 하기 위해서는 책 안으로 숨어서는 안 된다. 산만하게 가지를 뻗으며 읽은 것만 같던 '감자줄기 녹서법'의 힘은 그 순간에만 효과를 보는 것이 아니라 독서인생 전반을 거쳐 쭉 뻗어 나간다. 얼마 전에 벼르고 별렀던 켄 로치 감독의 영화「자유로운 세계」를 보았다. 영화가 끝난 뒤 내 귓가로 나지막이 노랫소리가 들리기 시작했다. 루시드 폴의「사람이었네」라는 대중가요인데 자본과 전쟁, 그리고 개발이라는 이유로 행해지는 착취와 파괴를 노래한 곡이다. 예전에 읽었던 책과 세상 속 다양한 이야기들이

영화 「레 미제라블」 포스터, 1934.

책의 무한 변신

1862년에 출간된 빅토르 위고의 『레 미제라블』은 책의 변신을 보여 주는 대표적 예다. 책은 영화로, 연극으로, 뮤지컬로, 만화로, 드라마로 다양한 변신을 꾀한다. 일명 원 소스 멀티 유즈! 그림은 그 원조 격인 「레 미제라블」의 영화 포스터다.

다양한 매체를 통해 우리에게 한 곡의 아름다운 음악을 들려줄 것이다.

'어떻게 살아야 하죠?', '어떻게 하면 요리를 잘할 수 있나요?' 역시 모든 '어떻게'에는 고통과 노동이 수반된다. 솔직히 '어떻게 책을 읽으라'는 사용설명서가 존재할 수는 없다. 물론 이미 그 한계를 넘어 본 사람으로서의 생생한 경험담이 있을 뿐이다. 책읽기의 재미를 알아가기 시작한 사람이라면, 기꺼이 진정으로 책읽기를 즐기기 위해 어떠한 고통도 감수할 준비가 되어 있는 자신을 발견하게 될 것이다. 허나 너무 겁먹지는 마시기를. 그 고통을 넘어 책읽기를 배우고 익히는 즐거움을 누릴 벗이 당신과 함께라면 말이다.

생산적인 책읽기는 혼자서는 절대로 할 수 없다. 혼자 할 수 있는 것이라고는 끝없이 불타는 책읽기의 열정을 꺼트리지 않기 위해 쉼 없이 배우고자 하는 스스로의 의지뿐이다. 그런 다음에야 이런 것들이 시너지 효과를 내는 촉매제가 될 수 있다. 평소에 다양하게 관심 갖으려고 노력하기, 『박사가 사랑한 수식』(오가와 요코, 이레)에 나오는 박사처럼은 아닐지라도 여기저기 메모한 종이 붙여 놓기, '책은 이렇게 읽어야 한다'는 고정관념과 두려움 없애기, 많은 사람들과 이야기 나누며 공유하기, 다양한 매체(영화, 인터넷, 음악, 미술 등)를 넘나들며 버뮤다 삼각지대 만들기, '버뮤다 삼각지대'에서 갑자기 사라지지 않기 위해 글쓰기나 담론 나누기로 '종합하는 연습' 게을리하지 않기, 마지막으로 가장 중요한 것은 '내가 발견한 즐거운 책' 주변에 퍼트리기(여유가 되신다면 자비로 사서 지인들께 돌려

주시고, 아니면 너덜너덜 포스트잇이 춤을 추고 문맥 사이로 밑줄과 콩
알 같은 글씨들이 박혀 있는 정든 책을 나눠 주시거나, 불타는 소유욕에
서조차 벗어나지 못하신 분이라면 입으로라도 자신이 발견한 금쪽 같은
책이야기를 뱉어내시기 바란다)라는 것 잘 알고 있죠?

책 속에 있는 천 가지 곡식

장승업, 「녹수선경」, 19세기

책 속에 있는 천 가지 곡식

책 곡식을 꾸어 주는 것도 "천하의 큰 보시"이지만 읽어 주는 것 역시 그에 버금가는 보시일 것이다. 책 속의 곡식이 어찌 사람에게만 쓰이랴. 책 속에서 나는 곡식은 사슴도 신선으로 만들지 모를 일이다. 그림은 장승업의 「녹수선경」(鹿受仙經). 사슴이 신선의 가르침을 받는다는 뜻이다.

빈약한 편력─나의 책읽기

고종석

활자와 거리가 있는 일에 종사하는 또래 친구들과 얘기하다 보면, 내가 동년배들과 비슷한 독서량을 지녔다는 걸 깨닫게 된다. 그 말은 내가 또래의 '글쟁이들'에 견주어 독서량이 적다는 뜻이다. 그렇게 된 사정의 하나로 내가 내놓는 핑곗거리는 1960년대 책의 압도적 다수가, 그리고 1970년대 책의 상당수가 세로조판을 취하고 있었다는 점이다. 동년배들에게 물어보면 하나같이 세로조판 책에 거부감이 없었다는데, 나는 세로조판에 적응할 수가 없었다. 학교에서 강제로 읽어야 하는 교과서들은 나 가로조판이있기 때문이다. 사실 지금도, 더러 직업적 필요 때문에 동네 도서관에서 빌려온 낡은 책이 세로조판일 경우, 절망감이 앞선다.

　세로조판 책을 멀리하다 보니, 어린 시절 읽을 거라고는 만화책밖에 없었다. 나는 중학교를 졸업한 뒤까지도 만화가게엘 드나들었다. 그것이 무익하지만은 않았던 것 같다. 돌이켜 생각해 보면, 내가 그 시절 익힌 한국어 어휘와 표현의 상당부분은 만화책의 풍선 속에서 발견한 것이었다. 그 낱말과 표현들은 생활 속에서 살아 팔팔 움직이는 진짜 한국어였다. 일상언어를 익히려면 만화책을 봐야 한다는 것은 뒷날 외국어로 된 만화책을 읽으면서도 새삼 깨달았다. 한동안 프랑스에 살던 시절,『드래곤볼』을 비롯해 헌책방에서 파는 만화책들(거의가 일본 '망가'를 프랑스어로 번역한 것이었다)에 깊이 빠진 적이 있었는데, 과연 그 대사들이 싱싱했다.

어려서 독서 습관을 제대로 들이지 않았으니, 커서도 남독가(濫讀家; 내가 최대의 경의를 담아 쓰는 말이다)가 될 가능성은 크지 않았다. 조판의 대세가 가로로 변한 뒤에도 내 책읽기는 게을렀다. 또 편식('편독'이라 해야 하나)이 심했다. 내가 알고 있는 남독가로는 소설가 장정일 씨와 시인 황인숙 씨가 있는데, 나는 황인숙 씨의 남독이 더 윗길이라고 생각한다. 장정일 씨는 독서일기라는 형태로 책읽은 흔적을 남기지만, 황인숙 씨는 흔적을 남기는 일이 매우 드물기 때문이다. 이것은 장정일 씨를 폄훼하는 말이 결코 아니다. 황인숙 씨의 '자족적' 독서가 장정일 씨의 '계몽적' 독서보다 사회에 기여하는 바가 훨씬 적은 것이 사실이기 때문이다. 장정일 씨를 세번짼가 네번째 만났을 때, 그는 내게 자신이 그즈음 읽은 이런저런 책들에 대해 의견을 물었다. 그 가운데 내가 읽은 책은 하나도 없었다. 둘 다 민망해했던 것 같다. 아니, 장정일 씨가 외려 더 당황스러워했던 것 같다. 그는 나를 자기류의 독서가로 생각해 왔던 모양인데, 알고 보니 완전히 허탕이었던 것이다.

내가 지난 50년간(거기서 일곱 해쯤은 빼야겠지만) 읽은 책이 몇 권이나 될까? 사실 이건 한 자연언어의 어휘를 세는 것만큼이나 골치 아픈 일이다. 어휘를 헤아릴 때 '단어'의 경계가 문제되듯이, 읽은 책을 헤아릴 땐 '책'의 경계가 문제되기 때문이다. 이를테면, 만화책이나 시사잡지, 그리고 교과서를 비롯한 학습서를 '책'으로 쳐야 할지 말아야 할지가 문제다. 게다가 똑같은 책이라도 그것을 학습 목적으로 읽었는지, 순수한 재미로 읽었는지도 가려야 할 테고. 아무튼 만화책이나 시사잡지들은 빼고, 순수한 실용적 목적 외에 재미나 허영심에 이끌려 읽은 책만을 헤아린다면, 2천 권에서 3천 권 사이가 되지 않을까 싶다. 이것은 일주일에 책을 한 권 읽었다 치고 일곱 살 이후의 세월을 가늠해 나온 결과다.

요즘처럼 만사가 귀찮을 때는 하루 종일 누워 책만 들여다보게 되니 일주일에 대여섯 권의 책을 읽게 되기도 하지만, 기운이 쌩쌩해 술자리가 잦은 세월엔 한 달에 두세 권 읽어 내기도 어렵다. 물론 전철 안에서 주로 읽게 되는, 얄팍한 시집들은 빼고 하는 말이다. 내가 열광적 시 독자는 아니지만, 시집을 '책'에 넣게 되면 내 독서량은 천 권 가까이 늘어나게 될 거다. 와, 그 정도면 '녹서인' 행세를 해도 될 듯싶다.

젠체한다는 욕을 먹을 각오를 하고 말하자면, 나는 아마 내 또래의 '글쟁이'들보다는 외국어로 된 책을 많이 읽었을 것이다. 청년기의 한동안 나는, 호모 사피엔스로 태어났으면 10개 언어 정도는 읽을 줄 알아야지 하는 망상으로 여러 외국어를 기웃거렸는데, 그 결과 자유롭게 읽을 수 있는 언어가 딱 하나 남게 되었다. 내 모국어

웃음으로 '깨는' 책

풍자만화의 아버지, 오노레 도미에는 생계를 유지하기 위해 만화가로 화단에 데뷔하여 국왕을 공격하는 만화를 그려 투옥당하는 등 정치비판 성격이 강한 그림을 그렸다. 그러나 그의 그림은 결코 진지하지만은 않았다. 그는 귀족과 부르주아지의 허위를, 서민들의 일상을 따뜻한 시선으로 익살맞게 그려냈다. 유머와 풍자로 가득찬 그의 그림은 만화도 우리의 내면을 깨는 한 권의 '책'임을 보여 주었다.

「강자의 계산법」이라는 위 그림 아래의 설명은 이렇다. "진정하세요, 신사 여러분. 우리는 100루이를 가졌어요. 그 중 80은 제 것이고, 18은 베르트랑 남작의 것이고…, 그래서 여러분 15명에게 2가 남네요…. 도대체 왜 계속 불평들을 하시는지 모르겠어요! 아무것도 잘못된 게 없답니다. 우리는 모두 정직한 사람들 아닙니까? 여러분들끼리 2루이를 나누세요. 스캔들을 만들지 맙시다."

인 한국어 말이다. 물론 부자유스럽게(다시 말해 사전의 도움을 이따금 받거나 충분히 이해하지 못한 채) 읽을 수 있는 외국어는 몇 개 있다. 스페인어, 영어, 프랑스어 같은 언어들.

일본어와 중국어, 독일어와 이탈리아어, 아랍어와 러시아어, 라틴어와 고대 그리스어도 익히고 싶은 언어였는데, 죄다 중도에 포기하고 말았다. 일본어와 독일어, 이탈리아어를 배우다 만 것은 특히 아깝다. 일본어와 독일어를 익혔으면 내 독서 영역이 훨씬 넓어졌을 테고, 이탈리아어는 그전에 스페인어와 프랑스어를 익힌 터라 약간의 노력만으로도 신문이나 학술서 정도는 읽을 수 있었을 터였다. 물론 라틴어로 베르길리우스를 읽고 아랍어로 『천일야화』를 읽을 수 있다면 정말 멋지겠지만, 그 두 언어에 대해선 그리 아쉬움이 없다. 익히기가 너무 어려운 언어였기 때문이다.

가장 많이 읽은 외국어는 프랑스어 같다. 내가 읽은 프랑스 소설은 아마 오륙십 권 안팎일 텐데, 나는 그 대부분을 프랑스어로 읽었다. 에릭 시걸이나 존 그리셤의 대중소설 몇 권도 프랑스어 번역판으로 읽었다. 그땐 프랑스에 살던 시절이어서, 영어판이나 한국어 번역판을 구하기 어려웠기 때문이다. 나는 시걸과 그리셤의 열정적인 팬이다. 다시 말해 내 취향은 본격 소설에 까칠하다. 프랑스어로 읽은 프랑스 소설들은 대부분 본격 소설이었지만, 그건 허영심에 이끌려 읽게 된 거지, 독서의 즐거움으로 읽은 것은 아니다.

프랑스어와 스페인어, 영어는 어렵사리 읽을 수 있다고 말했지만, 그 말도 민망하다. 나는 프루스트의 『잃어버린 시간을 찾아서』

를 프랑스어로 한 줄도 읽어 보지 못했고, 스페인어판『라만차의 돈 키호테』나 영어판『율리시스』역시 마찬가지다. 영어로 읽은 소설은 헤밍웨이와 애거서 크리스티의 대중물 몇 권뿐이고, 스페인어로 읽은 소설 역시 보르헤스의 단편들뿐인 것 같다. 에스에프나 추리물 같은 장르소설이 아니면, 나는 소설에서 즐거움을 거의 느끼지 못한다. 본격 소설로서 내 마음을 뒤흔든 것은 최인훈과 도스토예프스키의 작품들 몇뿐이다. 최근 몇 년 사이엔 파스칼 키냐르의 작품들을 재미있게(사실은 흥분상태로!) 읽었다. 소설답지 않은 소설들이어서 그랬는지도 모른다. 한국어판으로 읽은 뒤, 일부러 프랑스어판을 구해 다시 읽었을 정도다. 번역판의 한국어 문장이 너무 아름다워, 부러 원문을 찾아 읽지 않을 수가 없었다. '미문'이라는 말엔 흔히 부정적 뜻빛깔이 담겨 있지만, 아름다움에도 여러 차원과 방향이 있고, 어떤 차원과 방향의 아름다움을 지닌 문장은 나를 매료시킨다. 그리고 나는 소설에서보다 에세이에서 아름다운 문장을 더 자주 발견한다. 특히 에밀 시오랑의 에세이들은 그 절망적 아름다움으로 나를 사로잡았다.

아무튼 진지한 시나 진지한 에세이에 반한 적은 많았지만, 진지한 소설에 반한 일은 드물었다. 사실 주체의 직접적 개입이 필연적이라는 점에서 에세이는 소설보다 시에 가까운 장르다. 물론 일반적으로 소설은 에세이보다 그 짜임새가 입체적이다. 그 점에서 소설이 에세이보다 더 진화한 장르라고 할 수 있다. 그러나 소설의 입체성이란 결국 서사의 입체성일 뿐이다. 그 입체성은 서사시에서도 흔히 구현되고, 심지어는 고대 희곡에서까지도 발견된다. 게다가 뛰어난 에세이는 제 나름의 입체성을 구현하고 있기도 하다.

　　나는 지금 내가 소설 독자가 아니라고 말하고 있는 중이다. 내 또래의 글쟁이들이 어린 시절 거의 예외 없이 접했다는 이런 저런 '세계문학 전집'에 나는 눈길을 줘 본 적이 없다. 그러면 나는 무엇을 읽는가? 에세이를 읽는다. 여기서 에세이란 흔히 평론이라고 부르는 장르와 논문이라고 부르는 장르의 상당 부분을 포함한다. 예컨대 데리다나 들뢰즈의 텍스트도 에세이다. 그러나 나는 데리다나 들뢰즈를 좋아하지 않는다. 내가 감당하기에 너무 어렵기 때문이다. 본디 철학이라는 장르의 추상도가 높아서 내가 잘 적응하지 못하기도 하지만, 흔히 해체주의 또는 포스트모더니즘이라는 조류와 연관된 프랑스 철학자들의 책은 너무 난해하다. 나는 데리다의『그라마톨로지에 대하여』를 프랑스어로도 한국어로도 읽었지만, 그 책은 내 인식의 지평을 거의 넓혀 주지 못했다. 그 책이 데리다의 저서 가운덴 그나마 내 전공인 언어학과 관련이 있는 편이었는데도, 나는 그 책을 말의 본디 뜻에서 '읽지' 못했다. 그저 눈으로 활자를 훑었을 뿐이다.

　　꼭 데리다나 들뢰즈가 아니더라도, 철학 책들은 일반적으로 내게 너무 어렵다. 대학 시절, 허영심으로 칸트와 헤겔을 (물론 한국어로) 뒤적이기도 했지만, 지금 머릿속에 남아 있는 건 아무것도 없다. 철학과 관련된 책으로 내가 가장 재미있게 읽은 책은, 몇 년 전『철학학교』라는 제목으로 번역된, 영국인 철학자 스티븐 로의 *The*

*Philosophy Gym*이다. 알다시피 이 책은 청소년들을 위한 철학입문서다. 나는 이 책을 우리나라 중고등학생들에게 강력히 추천한다. 인문학을 공부하든 안 하든, 사람 노릇을 제대로 하려면 철학에 대한 기초적 소양은 있어야 한다고 생각하는데, 내가 읽어 본 철학 입문서 중에 이 책만큼 재미있고 유익한 것은 없었다.

내가 가장 가까운 시점에 읽은 철학서는 조지아 원키의 『가다머: 해석학, 전통 그리고 이성』이라는 책이다. 10년 전에 번역자에게서 선물받은 책인데, 오래도 묵혀 두다가 얼마 전 사흘에 걸쳐서 읽었다. 가다머 책도 아니고 가다머 해설서인데도, 술술 읽혀지지가 않았다. 대개 이런 경우엔 번역자를 탓하게 되고, 또 우리 풍토에서 번역 문제는 반드시 짚어 봐야 할 테지만, 원키의 책이 내게 힘들었던 건 번역 탓이 아니었다. 텍스트 자체를 어렵게 읽은 처지에 번역을 놓고 품평을 하는 것은 주제넘은 짓이지만, 번역자의 한국어는 훌륭했다. 내가 읽어 본 철학 번역서 가운데 거의 최상급이라 할 만했다. 문제는 내 두뇌가 철학이라는 고귀한 학문에 맞지 않았던 것이다.

이 책을 읽은 뒤 나는 철학에 대한 허영심을 포기하기로 다시 마음을 다잡았다. 그것은 재미없는 책을 읽지 않기로 마음먹었다는 뜻이기도 하다. 세상엔 읽어야 할 책이, 아니 읽을 수 있는 책이 얼마나 많은데, 그 가운데는 유익할 뿐만 아니라 재미있는 책이 얼마나 많은데, 굳이 이 나이에 한 줌의 유익함을 기대하며 재미없는 책을 읽는단 말인가? 예컨대 지젝(이 철학자라면) 같은 저자도 있다.

그는 늘 같은 추상도로 글을 쓰지 않는다. 말하자면 재미있는 책도 쓴다. 예컨대 『향락의 전이』 같은 책은 매우 유익하지만, 재미있다고는 할 수 없다. 일반 독자들에겐 추상도가 너무 높다. 그러나 『지젝이 만난 레닌』 같은 책은 유익하면서 재미도 있다. 추상도가 상대적으로 낮은 것이다. 그것은 물론 독자의 취향과 재능 문제다. 철학이나 수학처럼 추상도가 높은 분야의 책을 재미있게 읽는 독자도 있을 것이다. 그러나 대부분의 사람에겐 철학 책보단 사회학 책이나 정치학 책이, 수학 책보단 생물학 책이나 천문학 책이 읽기에 덜 부담스러울 것이다. 나 역시 그렇다. 그래서 내가 읽는 에세이들은, 언어 철학 책들을 제외하면, 현실과 '현실적' 관련이 있는 책들이다.

책읽기를 즐기는 청소년에게 내가 해줄 말은 없다. 그러나 책 읽는 버릇을 들이고 싶은데 그게 잘 안 되는 청소년에게 해줄 말은 있다. 우선 재미있는 책부터 읽어라. 어떤 게 재미있는 책인지 알려면, 서점에 가서 몇 페이지 간(짠맛의 정도 말이다)을 보며 직접 책을 고를 수밖에 없다. 서점에 가서 직접 책을 사는 버릇을 들여라. 신문이나 인터넷 서점의 서평난도 책을 고르는 데 도움이 되겠지만, 재미있는 책을 고르려면 자신이 직접 서점엘 가는 수밖에 없다.

끝으로 '내 인생의 책'이라고 할 만한 저작을 몇 권 소개하겠다. 우선 노먼 루이스(Norman Lewis)의 *Word Power Made Easy*. 이 책은 영어 단어 학습서에 불과하지만, 읽다 보면 낱말의 발생학이라 할 만한 것을 어슴푸레 이해하게 될 것이다. 나는 이 책을 고1 때 처음 읽었는데, 대학에 들어간 뒤에도 가끔 다시 읽곤 했다. 내가 처음으로 읽은, 유익하면서도 재미있는 책이다. 다음 김우창의 『궁핍한 시대의 시인』. 고등학생이 읽기엔 좀 어려운 책이다. 대학 초년생들한테 추천한다. 문학 작품을 두고 해석의 지평을 어디까지 확장시킬 수 있는지를 보여 주는, 단단한 책이다. 다음 복거일의 『현실과 지향』. 고등학생들도 충분히 읽어낼 수 있다. '자유주의'라는 모호한 말의 테두리를 그리고 있다. 이 책은 저자의 첫번째 에세이집이다. 그 이후 책들은 읽지 말기를 권한다. 『현실과 지향』의 합리주의가 끝없이 휘어지고 변신하기 때문이다. 다음 셰익스피어의 희곡들. 셰익스피어는 뛰어난 시인-극작가였을 뿐만 아니라 탁월한 인간학자였다. 영어로 읽어야 그 아름다움을 담뿍 느낄 수 있겠지만, 고등학생들한텐 어려운 일이다. 여러 번역판 중에서 골라 읽는 수밖에 없다. 나는 요즘 김정환 번역판으로 셰익스피어를 다시 읽고 있다. 마지막으로 칼 포퍼의 『열린 사회와 그 적들』. 고등학생이면 충분히 읽을 수 있다. 한국 극우파들에게 부당하게 착취당하고 있는, 그러나 사실은 그들에 대한 가장 근본적인 비판서.

책읽기, 세상읽기와 희망읽기

전윤구

일요일 오전 11시, 한참을 자고 일어났는데도 피로가 풀리지 않는 것 같다. 비몽사몽한 상태로 아점을 먹고 텔레비전을 켠다. 송해 아저씨가 진행하는 「전국노래자랑」에서 경상도 사투리를 쓰는 아주머니의 흥겨운 노랫가락이 흘러나온다. '저 아주머니는 뭐가 저렇게 신나는 걸까?' 하는 생각과 함께 왠지 모를 어지러움이 느껴져서 채널을 돌린다. 신작영화를 소개하는 프로그램에 잠깐 채널을 고정했다가 야근으로 놓쳤던 드라마 재방송을 본다. 가을 햇살이 창문을 통해 텔레비전 위로 쏟아진다. 눈이 부신나. 갑사기 가벼운 두통과 함께 머리가 '멍' 해지는 느낌이 들어 텔레비전을 끄고 주위를 둘러본다. 책상 위에 꽂혀 있는 책들이 눈에 들어온다. 이미 읽은 책, 읽다가 덮은 책 그리고 열어 보지도 않은 책들. 손에 잡히는 대로 한 권을 뽑아 든다. 소설이다. 주인공이 피를 팔러 간다. 물을 많이 마셔야 피도 많이 생긴다며 오줌을 참아 가며 억지로 물을 마신다. 피를 팔고 나오는 길에 돼지간 볶음과 따뜻한 황주 두 냥을 사먹는다.

길 바닥에 그려진 그림 속으로 빨려 들어가는 메리 포핀스와 아이들처럼 나도 어느새 책 속으로 조금씩 빠져든다.

돼지간 볶음과 황주 두 냥……. 책의 마지막 페이지를 넘긴다. 고개를 들어 창문을 바라보니 어둠이 가을 햇살을 거둬 간 지 오래다. 도끼자루 썩는 줄 모르고 신선들의 바둑을 구경했다던 누군가의 얘기처럼 책을 읽는 동안 세월이 훌쩍 지나가 버린 느낌이다. 잠깐 동안 그대로 앉아 있는다. 몸이 나른해지는 듯하더니 배가 고프다. 주방으로 가서 냉장고를 열어 본다. 돼지간 볶음과 황주 대신 지난번에 먹다 남은 햄 반쪽과 반 병 남은 주스가 눈에 들어온다. 이 정도면 나쁘지 않군. 후라이팬에 햄을 구워 주스를 곁들이니 '아! 이 맛이구나' 하는 감탄사가 절로 나온다. 텔레비전에 나왔던 경상도 아주머니가 부럽지 않다. 고개를 돌리니 옆 자리에서 돼지간 볶음에 황주를 마시던 허삼관이 다가온다. 황주 탓인지 그의 얘기 탓인지 약간 상기된 그의 얼굴이 발그레하다. 이제는 그에게 내 얘기를 들려 줘야겠다는 생각을 하다가 잠이 든다.

월요일 오전 8시, 출근길에 가판에서 산 신문을 펼쳐 든다. 불과 몇 달 전에 2000을 넘어 3000을 바라보던 KOSPI지수는 끝을 모르고 하락하고 있으며 날로 치솟는 환율과 물가의 영향으로 서민들의 생활이 어려워지고 있다고 한다. 신자유주의의 깃발을 높이 세우고 장기간 호황을 누려 왔던 미국 경제는 서브프라임 모기지 사태에 엄청난 금액의 정부예산을 투입하며 필사적으로 경기하강을 막아 보

당나귀가 전해 주는 서중천속(書中千粟)

두 마리 당나귀 알파, 베토(합치면 '알파베토'. 스페인어로 알파벳을 가리킨다)와 함께 매주 콜롬비아의 오지를 누비는 초등학교 선생님 소리아노 씨. 무장세력, 게릴라, 강도들이 출몰하는 위험한 상황에서도(실제로 스파이로 오해받아 그들에게 붙들리는 일이 있었다) 10년째 그가 하고 있는 일은 당나귀 등에 책을 싣고 오지의 아이들과 그곳 주민들에게 책을 빌려 주고, 읽어 주는 일이다. 이름하여 당나귀 도서관(BIBLIOBURRO)! 아이들이 왜 숙제를 해오지 않을까를 고민하다 책이 없어서 해오지 못하는 것이라는 것을 알게 된 그는 그때부터 당나귀 두 마리와 함께 책을 갖고 오지마을을 돌기 시작했다. 평생 동안 동네 밖을 나갈 일이 없는 주민과 아이들에게 그는 세상으로 통하는 창구이자 희망이다. 그는 오늘도 알파, 베토와 함께 책으로 희망의 씨앗을 뿌리고 있다.

려 애쓰는 중이다. 이런 일들이 우리나라 경제에 그리고 나에게 어떤 영향을 미칠까? 저 멀리 이국땅에서 벌어졌던 투기와 도덕적 해이가 불러온 거품의 파도가 태평양을 건너 그들과 아무런 상관도 없을 것 같았던 우리의 생활에까지 영향을 미치려고 한다. 퇴근길에 지하철역 근처의 서점을 찾는다. 새로 나온 소설과 수필 코너를 지나 경제학 서적 코너 앞에서 멈춰 선다. 『렉서스와 올리브나무』에서 『88만 원 세대』에 이르기까지 수많은 책들이 나를 올려다본다. 『경제학 콘서트』라는 제목이 눈길을 끌어 한 권을 집어 들고 계산대로 나온다.

자유무역에 대해 생각해 본다. 두 섬에 살던 사람들은 비교우위에 있는 물건을 생산하고 교역을 함으로써 삶이 보다 풍요로워졌다. 우리나라도 무역장벽을 낮추고 교역을 늘리면서 물질적인 풍요는 늘어났다. 하지만 그러한 풍요 속에서 전보다 더 힘들다고 느끼고 실제로 그렇게 사는 사람들이 주위에 늘어나고 있다. 어떻게 된 걸까? GDP로 표시되는 물질적 풍요는 어디로 흘러 들어가서 누구의 배를 채우고 있을까? 책을 읽으면서 고개를 끄덕이던 많은 것들이 책을 덮고 난 후 의심으로 변해 나를 혼란스럽게 했다. 아직은 잘 모르겠다. 다만 이론과 현실이 꼭 맞아 떨어지는 것은 아니라는 생각만은 확실한 것 같다. 어디서부터 잘못된 것일까? 하는 생각을 하다가 잠이 든다.

나는 주로 소설이나 경제학 서적을 읽는 편이다. 책을 읽는 가장 큰 이유는 그것이 나에게 즐거움을 선사해 주기 때문이다. 소설을 읽으면서 느끼는 즐거움 그리고 경제학 서적을 읽으면서 느끼는 즐거움은 다르다. 경제학 서적이 지적 호기심을 충족시키고 사회에 대한 이해의 폭을 넓혀 준다면 소설은 심리적인 안정과 마음의 위안을 얻는 데 도움을 준다.

주말 오후에 가벼운 마음으로 읽는 소설은 가벼운 두통을 해소하기에 적당한 치료약이다. 소설 읽는 즐거움에 빠져서 시간을 보내노라면 어느새 두통은 사라지고 상쾌함이 그 자리를 대신한다. 소설 읽기의 좋은 점은 다른 약들과는 달리 내성이나 부정적인 부(副)작용이 생기지 않는다는 것이다. 백 권의 소설 속에는 백 가지의 삶이 있는 만큼 소설이라는 치료약의 성분은 제각각이며 매우 다양해서 내성이 생기지 않을 뿐 아니라 예상치 못한 각종 성분들이 긍정적인 부작용을 유발하는 경우가 많다. 주인공과 함께 그의 삶에서 일어나는 슬프고 즐거운 일을 겪으며 울고 웃다 보면 가슴 한 켠에 쌓여 있던 응어리가 조금씩 풀어지는 느낌을 받곤 한다. 누구나 크고 작은 응어리를 마음속에 가지고 살아가며 그것을 다른 사람과 함께 나누면서 위안을 얻고 삶의 희망을 얻는다. 나에게 소설 속 주인공은 좋은 친구이자 상담사가 되어 준다. 때로는 차마 남에게 하지 못했던 말들이 주인공의 입을 통해 흘러나오는 것에 "임금님 귀는 당나귀 귀"라고 외쳤던 어느 신하가 느꼈을 법한 카타르시스를 느끼기도 한다. 이렇듯 소설읽기는 두통약이며 또한 마음의 응어리를 풀어 주는 나눔과 희망의 약이다.

책은 복잡한 세상을 다양한 관점에서 볼 수 있는 능력을 길러

준다. 위성과 인터넷의 발달로 지구반대편에서 일어나고 있는 일들이 실시간으로 우리에게 중계되고 있으며, 무역장벽이 낮아짐에 따라 칠레산 포도를 동네의 슈퍼마켓에서도 살 수 있는 시대가 되었다. 물질적인 풍요와 넘쳐나는 정보 속에서 사회는 점점 복잡해지고 삶의 속도는 점점 빨라져 생각의 속도가 삶의 속도를 따라가지 못하는 시점에 다다른 것이다. 하지만 한발 뒤로 물러서서 살펴보면 그러한 모든 것들은 삶의 목적을 이루고자 하는 수단에 지나지 않다는 것을 알게 된다. 책을 통해 세상을 바라보면 복잡해서 이해하기 힘들었던 것들을 비교적 명확하게 볼 수 있게 된다. 때로는 작가의 시각이 몹시 불편하게 느껴질 때도 있지만 천천히 따라가다 보면 생각지 못했던 의외의 성과물을 얻을 수도 있다. 『렉서스와 올리브나무』를 통해 왜 세계화가 대세가 되었으며 그것이 어떻게 작동하는지를 알 수 있으며, 『나쁜 사마리아인들』에서는 세계화와 자유무역이 모든 나라에게 반드시 좋은 기회가 되는 것은 아님을 배울 수 있다. 우리는 생각이 다르기에 삶의 모습도 다를 수밖에 없다. 이를 인정하는 것이 쉽지는 않지만 다양한 사람들의 생각을 읽다 보면 서로의 주장에 고개를 끄덕일 수밖에 없는 부분을 발견하게 된다.

책은 시간 때우기에도 무척 좋다. 지하철에서 어두운 창밖에 비치는 나와 다른 사람의 모습을 바라보며 시간을 죽일 때는 그렇게도 멀게만 느껴지던 목적지를 어느 날 책을 읽다가 지나친 경험은 누구에게나 한 번쯤 있을 것이다. 약속장소에 먼저 도착했을 때 친구를 원망하며 지나가는 사람들을 구경하는 것보다는 조용한 장소에 자리를 잡고 책을 읽고 있는 편이 더 유쾌하고 멋있다.

　주간지를 읽는 것도 책을 선택하는 데 도움을 준다. 나는 신문보다는 주간지를 선호하는데 주간지가 보다 더 앞뒤 맥락을 이해하는 데 도움을 주기 때문이다. 주간지를 보면서 평소에 관심을 갖지 못했던 분야들——인권, 소수자, 환경 등——의 중요성에 대해 알게 되고 이것은 다시 호기심으로 발전하여 관련 서적을 구입하게 된다. 여러 종류의 책들을 읽으면서 다양한 관점을 가지게 되는 것은 다른 사람들을 이해하고 사회현상을 이해하는 데 도움을 준다.

　친구는 언제든지 불러서 고민을 털어놓을 수 있고 심심할 때 불러서 같이 놀자고 할 수도 있으며 수다를 떨면서 서로의 생각을 공유할 수 있어서 좋다. 책도 마찬가지다. 힘들 때 만난 한 권의 책이 세상 누구보다도 나를 위로해 줄 수 있으며 책을 통해 바다 건너 물리학을 연구하고 있을 어느 과학자와 대화를 할 수도 있다. 회사에서는 상사에게 치이고 소개팅에 나가서는 퇴짜 맞고 돌아와 세상에는 내 편이 하나도 없다고 느껴질 때 책을 집어 늘자. 당신을 위로해 주고 새로운 세계로 인도해 줄 안내자가 기다리고 있을 것이다.

21
햄릿과 해리포터와의 만남

김미림

어릴 적부터 새 책 사는 것을 매우 좋아했다. 틈만 나면 용돈을 모아다 서점으로 달려가곤 했는데, 덕분에 부모님은 "우리 딸은 어릴 때부터 책귀신이었어"라고 말씀하며 다니시기도 했다. 그러나 실상을 살펴보면 사실과는 매우 다른 말이었다.

초등학생 시절만 하더라도 동화책이 아닌, 다른 책 한 권을 끝까지 읽은 역사가 없다. 동화책도 책장을 펴 놓고 테이프에서 나오는 소리를 경청만 하였던 것 같다. 서점에 가서 정말 재미있겠다 싶어 책을 골라 오고 나면 책장에 방치해 뒀다가 한참이 지나면 그때서야 꺼내 보고는 하였다. 이 습관은 아직도 남아 있다. 물론 그 당시에는 꺼낸 책을 끝까지 읽어 보지는 못했다.

항상 짧은 동화만을 접해 오던 나는 책 한 권에 가득 차 있는 글씨들을 보며 중압감을 느꼈다. 빨리 마지막장이 넘어가지 않는 데에 지겨움을 느끼기도 하면서 또 다른 새 책을 손에 들고 싶어 했다. 그렇게 해서 한 챕터씩만 읽고 책장에 꽂아둔 그 시절 책들이 아직도 수두룩 남아 있다. 물론 지금도 꺼내 읽어 주길 기다리는 책들을 많이 만들고 있다.

　6학년을 거의 끝마쳐 가던 시절이었다. 뒷자리에 독서를 너무 사랑하던 친구가 앉게 되었다. 굉장히 재미있던 친구였고, 친해지고 싶은 그런 아이였다. 그 친구의 도움 아닌 도움 덕분에 처음으로 책 한 권을 끝까지, 그것도 열심히 읽어 볼 수 있었다. 그때보다 열정적으로 책을 읽어 나간 적은 없던 것 같다. 현재 책을 읽는 것을 좋아하며, 또 즐길 줄 알게 된 데에는 이 친구의 도움이 크다.

　'독서의 밤' 이라는 행사로 연극을 준비하던 때였다. 연극 주제를 토론하였는데, 그 친구가 『햄릿』을 하면 어떻겠냐고 주장하였다. 그 당시 『빨간 모자』, 『눈의 여왕』 등의 동화만을 생각했던 나에게 『햄릿』은 충격이었다. 그 정도는 기본이지, 라고 말하는 듯 보이는 그 친구와 마치 당연히 알고 있다는 듯한 조원들 틈에서 나 혼자만 무지하다는 것이 부끄러웠다. 그 자리에서 아는 척을 한 후, 나는 수업이 끝나자마자 도서관으로 달려갔다. 이날이 도서관에 처음 발을 디딘 기념비적인 날로 기억된다.

　『햄릿』을 꺼내든 나는 정신없이 책에 빠져들었다. 오늘 하루 안에 책을 다 읽어야 한다는 압박감이 책에서 더욱 손을 뗄 수 없게 만들었다. 무엇보다 『햄릿』이라는 책에 대한 호기심이 나를 강하게 끌어당겼다. 비록 쌓아 두기만 한다고 해도 책을 많이 안다고 생각해 왔던 나였기에 질투심이 느껴졌고, 그 친구에 대한 경쟁심까지 느껴졌다. 도대체 『햄릿』이 무엇이기에 나를 이렇게 궁지로 모는 건가?

반드시 끝까지 정복해 보겠다는 오기가 생겼다. 다음날 나는 떳떳이 토론을 하는 데에 참여할 수 있었다. 결국 주제는 『브레멘 음악대』로 바뀌었지만.

『햄릿』의 영향은 상당했다. 처음 꺼내든 목적은 나의 열등감과 자존심 때문이었지만 읽는 내내 강한 재미를 느낀 것이 사실이었다. 마지막 책장을 넘겼을 때의 감동은 지금도 잊을 수가 없다. 그때는 책의 감동보다는 내가 마지막장을 넘겼다는 사실에 더 감정이 충만했지만 말이다.

다시 한번 그 재미를 느껴보고 싶었고, 그 성취감을 또 한번 맛보고 싶어 참을 수가 없었다. 도서관에서의 세계명작 시리즈 도전이 시작된 것이 이때부터다. 내가 너희들을 모두 정복해 주겠다, 하는 욕심이었다. 결국에는 전부 마스터하지는 못하였지만 의미 있는 시간들이었다.

세계명작 도전의 끝은 『어린 왕자』에서 났다. 워낙 유명한 책이고, 많은 사람들이 가장 감명 깊게 본 책이라고들 얘기했지만 도무지 나에게는 맞지 않는 책이었다. 나는 그 책에서 재미를 찾을 수가 없었고, 결국엔 억지로라도 끝까지 읽기는 하였다. 책의 내용보다는 글자 읽기 연습을 했다는 것이 더 옳을 것이다. 『어린 왕자』의 내용은 보아뱀과 양 그림 얘기만이 기억날 정도이니까. 유명하고 좋은 책이라고 평이 자자하다고 해서 모두에게 맞는 것은 아닌가 보다, 라고 느꼈지만, 그때 당시에는 모두가 좋다고 하니까 나도 훌륭한 책이라고 말했었다.

그때 당시 붐이 불던 책이 하나 있었다. 지금은 전 세계적인 베스트셀러가 되어 영화로까지 만들어진 『해리포터』 시리즈가 바로 그 책이다. 남들 하는 것 모두 따라해 보고 싶어 하던 나는 1부 1권도 다 읽지 못한 채 4부 4권까지 나머지 아홉 권이나 되는 책을 모두 주문해 버렸다. 사실 인터넷 쇼핑이라는 것이 해보고 싶기도 하였다. 해리포터는 나의 첫 인터넷 구매물품이기도 하기에 애지중지 보물로 모셔 두고 있었다.

여러 가지로 의미 있는 그 책을 자랑하며 다닌 것이 화근이 되었다. 독서를 너무 사랑하는 그 친구도 당장에 구매신청을 해버린 것이다. 여기까지는 문제가 없었지만 기다리다 못한 그 친구가 나에게 책을 빌려달라고 부탁을 한 것이다. 나의 애지중지 보물을. 딱히 거절의 이유가 없어 난감하던 나는 아직 읽지 못했기에 불가능하다고 했지만, 막무가내로 빨리 읽고 싶다는 그 친구의 고집을 꺾을 수가 없었다.

새 책을 빌려 주기 아까워 고민하던 나는 '그래! 내가 한 번씩 다 읽고라도 빌려 주자' 라고 마음먹고 해리포터를 읽어 나가기 시작했다. 지금 생각해 보면 욕심도 참 많았다. 그렇게 읽기 싫어하던 책을 '새 책 빌려 주기 싫다' 라는 일념 하나로 읽어 나가다니.

흥미진진했던 시기로 기억하기도 하지만, 이때를 가장 긴박했던 순간 중 하나로 기억하기도 한다. 그때 당시 그 두꺼웠던 책을 이 친구가 하루에 한 권씩 읽어 나갔기 때문이다. 나는 무조건 먼저 읽어야 했기에 덩달아 한 권씩 읽어 나갈 수밖에 없었다. 저녁 열 시면 어김없이 잠을 청하던 내가 책읽기를 위해 열흘이라는 시간 동안 밤을 지새운 것이다. 4부 4권의 마지막 페이지를 넘기고서야 겨우 한숨을 돌릴 수 있었다. 이런 걸 스파르타식 책읽기라고 해야 할까? 그 친구도 책을 아껴가며 읽는 친구였기에 다행히 어디 하나 구겨지지 않고 책은 내 손에 돌아올 수 있었다. 희한하게 낡은 책은 좋아하면서 구겨진 책은 읽기조차 싫어진다.

이 시기부터 책 욕심만이 아닌 책읽기에 대한 욕심이 생겨나기 시작한 것 같다. 욕심과 자존심 때문에 시작한 일이라고는 하지만 정말로 그 책이 나에게 흥미가 없었다면 얼마 못 가서 포기해 버렸을 것이다. 억지로 글씨만 읽어 나갔어, 라고 하기에는 열한 권의 책이 보여 준 세계는 너무나 크고 새로웠다. 그 세계에 홀딱 반해 버릴 만큼. 아직도 책장을 넘기던 그 순간이 생생히 기억이 날 만큼. 드디어 나에게 맞는 책을 찾은 것이다.

책을 어떻게 읽는가에 대한 방법은 따로 없는 것 같다. 나에게 맞는 책을 찾았다면 그걸로 이미 첫 단계는 성공한 것이다. 유명한 베스트셀러에 필독서라고 해도 나한테 맞지 않아 억지로 읽고 있다면 손에서 놓는 것이 현명하다. 글씨만을 다 읽는다고 해서 내 것이 되는 것이 아니기 때문이다. 그것은 말 그대로 시간낭비일 뿐이다.

억지 속에서는 그 어떤 세계도 발견할 수 없다. 유명한 베스트셀러인 『상실의 시대』가 내게 남겨 주었던 것처럼. 친구와 나는 가벼운 조크로 그 책의 제목이 왜 ‘상실의 시대’인지 제대로 알겠다며 회자하기도 한다. 그 두꺼운 책을 오기로 꾸역꾸역 읽었지만 우리에게 느껴지는 것은 상실감뿐이었기에.

그렇다고 그 책이 나쁘다는 것은 아니다. 나에게 맞지 않아 책장에서 잊혀져 가고 있던 책들이 어느 순간 내 책상 위에서 마지막 장이 넘겨지고 있기도 하다. 그때그때의 상황과 기분 감정, 또 경험에 따라 나의 베스트셀러가 되기도 한다. 연애 소설은 천대해 왔다가도 첫사랑을 하던 순간엔 그렇게 아름다운 이야기는 없을 거야, 하며 감동을 받았듯이 말이다.

가장 현명한 것은 어떠한 책을 읽어야겠다, 하고 강박관념에 사로잡히는 것이 아니라 하나하나 어떤 책들이 있나 살펴보면서 나에게 맞는 책을 찾아가는 것이다. 그 속에서 새로운 세계들을 맛보고, 더욱 알아 가다 보면 나에게 맞지 않았던 그 책들도 받아들일 수 있는 안목이 내 안에도 자랄 수 있을 것이다.

22

호락하지 않은 ♥예비승무원♥의 호락호락한 책읽기 방법

하은혜

2007년, 08학번 89년생 수험생들은 내신에 신경 쓰랴, 수능 준비하랴, 그리고 논술 준비하랴 바쁘고 고단한 고3 시절을 보냈다. 내신이나 수능은 학원 쫓아다니며 준비할 수 있겠지만, 논술은 그렇지 않다는 것을 익히 알고 있다. 신문에 매주 나오던 논술 코너에서 SKY 합격생들의 수기를 보면 매번 하는 말은 "책이 정말 좋아요", "매주 몇 권씩 짬 내서 책을 보았어요", "책이 가장 큰 선생님이에요" 등의 뻔한 말이다. 그러나 그 뻔한 말들은 왜 나는 하지 못했을까? 그리고 그러한 이야기를 보며 나중에 결혼해서 애를 낳으면 나는 애기들에게 책을 가까이하도록 도와주고 TV보단 책 읽는 엄마의 모습을 보여 주리라 하고 다짐했다. 수능을 준비하던 시절 학원 선생님께서 부모님이 교수인 학생을 과외했던 이야기를 해주셨다. 그 집에 가보니 집 구석구석마다 조그만 간이 소파가 놓여 있었고, 그 소파의 용도는 어디든 앉아 책을 읽을 수 있도록 한 것이었다고 한다. 가족끼리 각각 소파 하나씩을 차지하고 책을 읽는다? 어색하기

도 하고 부럽기도 하고……. 그러면서도 그 학생의 방에는 게임기
란 게임기는 다 있었고 닭살 돋기는 하지만 게임도 얼마 하다 보면
재미없고 책이 가장 재미있다고 한다.

　　어릴 적부터 부모님께 "책 좀 읽어라"라는 말을 하도 들어서 그
런지 지금은 그런 말을 안 들어도 내가 많은 책을 읽고 싶다. 책 읽
는 방법에 관한 많은 도서가 있지만 나는 나만의 방법과 책 읽는 습
관이라는 게 있다. 나 같은 경우 특별히 좋아하는 도서 분야는 기행
도서나 자기 계발과 관련된 책, 그리고 작가이다. 예를 들어, 내 꿈
과 관련된 것이다. 내 꿈은 승무원이니까 승무원 관련 도서는 사들
여 소장한다. 뭐 많은 책은 없지만, 과거 전직 승무원이셨던 분들의
책도 무조건 읽어 본다. 최근에 사 읽은 책은『여자로 태어나 대기업
에서 별 따기』(이택금, 김영사)이다. 학교 과제 때문에 서점을 찾았
지만, 과제 관련 도서 대신 나는 이 도서를 선택했고, 그리고 게 눈
감추듯 읽어 버렸다. 그리고 내가 최근 관심 두는 것들. 다른 예를
들자면 나는 스타벅스 커피를 굉장히 좋아한다. 별 생각 없이 학교
열람실 도서를 훑어보던 중에『스타벅스, 커피 한 잔에 딤긴 성공 신
화』(하워드 슐츠, 김영사)란 책을 보게 되었다. 이외에도 항상 내 주
위에 관련된 것들을 찾아 읽는 편인데, 본의 아니게 편식하고 있는
나의 독서습관이다. 또한, 건방지지만 나는 먼저 제목을 보는 편이
다. 내가 아무 정보도 없이 오직 제목으로 골라 읽고 나에게 많은 발
전과 발상을 가져다준 책이 있다.『힐러리처럼 일하고 콘디처럼 승
리하라』(강인선, 웅진지식하우스)라는 책이다. 어느 여자가 힐러리처

럼 그리고 콘디처럼 되고 싶지 않겠는가! 나같이 꿈 많고 골드우먼
이 되고 싶은 여대생에게는 강하게 추천하고 싶은 책. 솔직히 겉모
습만 보고 골랐던 것치고 꽤 성공적이었다. 그렇다면, 이런 엉성한
방법 말고 진정 그 책을 나를 위한 책으로 만들려면 본격적으로 책
은 어떻게 읽어야 할까?

첫째, 독서일기를 쓰는 것이다. 웬만한 짬밥치고는 쓸 수 없는
독서일기. 그러나 한번 두번 써 보면 그 묘미를 알게 될 것이다. 다
른 애독자들도 그들만의 독서일기 작성법이 있겠지만, 나의 독서일
기는 목표 독서 리스트와, 완독 리스트로 구별해 놓는다. 그리고 읽
은 책의 제목, 완독한 날짜, 작가, 그리고 걸린 일수를 써 놓는다. 나
는 나만의 비공개 블로그에 그 책에 대한 이야기를 쓴다. 완독 리스
트에 조그맣게 적어 놓는 것도 좋지만 완성된 글을 쓰고 나중에 다
시 읽어 보면 괜히 뿌듯한 마음이 올라온다. 그리고 과거보다 나의
독서량이 늘었다는 것을 눈에 띄게 느낄 수 있다. 또 나 같은 경우에
는 승부욕이 강해서 그런지 남자친구와 독서 시합을 했던 적이 있
다. 일주일 동안 같은 책을 골라서 읽고 누가 먼저 독서일기를 쓰는
가였다. 말로 하는 것도 좋지만, 말보단 글이 오래 남아 그런지 괜스
레 다시 볼 때마다 어깨가 으쓱해진다. 솔직히 말하자면 독후감이지
만 나는 20대 여대생 아니겠는가? 초등학생 방학 숙제하는 것도 아
니고 독후감에 연연하는 것보단 우아하게 일기를 써 보자!
독서일기를 처음 시작했던 책이 있다. 내 인생의 롤모델 한비야

씨의 『지도 밖으로 행군하라』(푸른숲). '아, 이렇게 많은 깨달음을 주는 책을 나는 그냥 마음에만 품을 수 없다! 글을 써 보자!' 해서 자판을 열심히 두들겼다. 지금은 창피하긴 하지만 거의 팬레터 수준이다. '저도 나중에 선생님처럼 세상에 빛을 비추는 사람이 되고 싶어요. 선생님의 열정을 닮고 싶어요……' 독서일기라고 치기엔 저급하지만 그래도 처음 내 노력이 가상해 박수를 주고 싶다. 그리고 덤으로 추천도서를 읽고 남에게 추천해 보자. 도서관에 가 보아도 책은 한두 권 있는 것이 아니라 몇천 권, 몇만 권 비치되어 있다. 이것 중에서 무슨 책을 읽어야 할지 고민이 된다면, 아무래도 검증되어 나온 책을 접하는 것이 쉽고도 현명하지 않을까? 검증된 책이란 작가나 기자, 교수님, 혹은 주위 친구들로부터 소개받은 책이다. 나도 평상시에는 추천도서를 찾아 읽는 편이다. 그리고 동시에 좋은 책들은 똑같이 남들에게 추천한다.

　『그러니까 당신도 살아』(오히라 미쓰요, 북하우스). 일본인 변호사가 어렸을 적에 왕따를 당하고서 자살시도를 하고, 비행 청소년들과 사귀고, 야쿠자의 아내로 밑바닥 인생을 살다가 새 삶을 시작하겠다 마음 먹고 일어섰다는 내용의 책이다. 교양수업을 듣는 중에 같은 과 선배가 사람들 앞에서 자신은 사람에게 배신을 당하고 따돌림을 당한 후로 사람과 관계를 맺는 것이 꺼려진다 하기에 나는 큰 소리로 이 책을 추천하였다. 그런데 이 책을 읽고서 세상을 다시 보게 된 사람이 나뿐만 아니라 다른 학우도 있었던 것이다. 내가 그때 그냥 내 마음속에만 넣어놨다면 어떻게 됐을까? 책을 추천하여 그

책의 내용을 머릿속에 확실히 입력하는 방법으로도 좋겠지만 책이
라는 것은 정말 큰 자산이다. 내 지적 자산을 주위 사람에게 나눌 수
있는 일만큼 행복한 것도 있을까? 그리고 내가 소개해 준 친구와 후
에 그 책에 대해서 대화를 할 수 있다는 최고 장점이 있다는 것!

　　둘째, 글에 집중하되 한번 읽기 시작한 책은 최단 시간 안에 읽
어라. 책은 빨리 읽으면 안 된다, 천천히 읽어야 한다, 라고 말하는
사람들이 많다. 그 책의 내용을 하나하나 이해하고, 단어 하나하나
를 음미하며 읽어야 하는 것은 당연하다. 그러나 한번 잡은 책은 10
분, 20분 읽는 것이 아니라 최대로 집중하여 오래는 3~4시간 적게
는 2시간 정도로 완독해야 한다. 나도 책을 가까이 하지 않던 때에
는 도서관에서 책을 빌려 오면 그다지 두껍지도 않은 책을 일주일이
넘도록 다 읽지 못했었다. 조금 읽고 덮고, 조금 읽고 덮고 하며 반
복을 하다 보면 책의 앞 내용을 잊어버리게 되고 내가 왜 읽고 있나
하는 생각이 든다. 지금은 커서 그런지 한번 잡은 책은 최대한 빨리
읽으려 노력한다. 다 읽고 나면 정신없이 읽은 감이 없지 않아 있지
만 전반적으로 일주일 넘게 질질 끄는 것보단 명확하게 남아 있다.
이와 함께 책읽기 페이스를 조절해라. 육상 선수 시절. 운동 연습 전
에 400m 트랙을 돌고 돌고 또 돈다. 그냥 도는 것이 아니라 100m
씩 끊어서 달린다. 빠르게 달렸다가 걸었다가 빠르게 달렸다가 걸었
다가. 숨이 차올라 꼭 약 올리는 것 같지만 그래도 운동 효과는 컸었
다. 그냥 같은 페이스로 달리면 무료해지고 긴장이 풀리며 피로감도
빨리 온다. 책 읽는 법도 그렇다 생각한다. 그래서 나는 천천히 읽다

가 엄청난 집중력을 동원해 빠르기를 가한다. 그리고 다시 천천히 읽고 그리고 다시 빨리 읽는다. 특히나 졸리거나 집중도가 떨어질 때 큰 효과가 있다.

셋째, 어려운 분야의 도서는 그 분야에서 접하기 쉬운 도서를 찾아 읽어라. 내 경쟁자는 항상 가까이 있고 가장 좋아하는 사람, 단짝이나 남자친구였다. 남자친구는 역사를 잘했다. 다른 과목은 잘 못하는데 역사 하나만 잘해도 왜 이리 유식해 보이던지, 옆에서 역사에 관한 이야기를 조잘거릴 때마다 잠자코 듣기만 해야 했던 게 꽤 자존심 상했었다. 가만히 있을 수가 없어서 바로 도서관 가서 역사책을 빌려 왔다. 아니 웬걸? 왜 이렇게 어렵지? 자꾸 똑같은 절만 읽히고 종잇장이 넘어가지 않았다. 그리고 왕 이름은 왜 이렇게 많은 건지 왕 이름을 손가락으로 세어 보다가 책을 덮어 버렸다. 하지만 이렇게 포기할 수 없었다. 어떻게 할까 고민하다가 창피하지만 어린이 열람실로 들어가 만화로 된 역사책을 찾았다. 그리고 그 자리에서 다 읽어 버렸다. 머리에 남는 것도 일반 열람실에서 찾은 책보다는 있었다. 하지만 단기간에 역사광을 따라가기엔 역부속이라는 걸 깨달았다. 결국 나는 다른 분야에서 전문가가 되기로 마음먹고 그때 외운 몇 가지 역사 상식만 가지고 받아칠 뿐이다. 아니면 은근슬쩍 내가 잘 아는 분야로 말을 돌리거나. 그러나 어린이 열람실에 들어가 책을 찾아본 건 나의 독서 인생에 혁명이었다고 생각한다. 그리고 역사 분야 이외에도 다른 경험이 있다. 글쎄 다른 기행문은 어떤지 모르겠지만 나는 한비야 씨의 모든 책을 다 읽었다. 전문 작가는 아니시지만 그분 특유의 솔직한 어체와 스타일이 너무 매력적이었다. 내가 그 책을 읽을 때 마치 한비야 씨 옆을 맴도는 인물이 되었거나 그녀의 일기장이 되었던 것 같다. 가장 중요한 것. 나는 이처럼 책을 읽을 때 최대한 집중을 하면서 그 책의 주인공이 되거나, 다른 제3의 인물이 된다. 그리고 이 글을 읽는 모든 분도 그러해야 한다. 분명히 기억하고 있다. 초등학교 5학년 때 읽은『몽실 언니』(권정생, 창비). 처음으로 눈물을 흘리며 읽은 책이었다. 정말 내가 몽실 언니의 이웃이 된 것마냥 주인공인 몽실 언니를 가엽게 그리고 연민이 직접 느껴지게 읽었다. 그래서 그런지 지금도 줄거리를 생생하게 기억하고 있다. 만약 내가 그때 그 책을 그냥 그렇게 읽었다면 어떠할까? 소설의 묘미를 몰랐을 것 같다. 그리고 내가 그 책의 주인공이 된다, 얼마나 소설 같은 이야기인가! 헤헤, 꿈 깨나 마나 그 책을 내가 소화하는 데 더한 방법이 있겠나? 어린 시절 즐겨 읽던 동화에 공주가 되고 싶은 것 그리고 내가 그 공주라도 되는 것마냥 당돌했던 기억이 난다. 아, 너무 순수했던 것 같다!

한 달 전인가, UN교육과정 스텝을 모집한다기에 지원하게 되어 면접을 보러 가게 되었다. 그때 면접관이셨던 교수님께서 최근에 읽은 책이 무엇이냐고 물어보셨다. 그 당시에 읽었던 책은 학교 과제 관련 책이어서 차마 말씀드리기가 뭐했다. 그러던 차에 그분이 말씀하셨다. "나는 하루에 책을 적어도 한 권 그리고 세 권까지 꼭 읽어요. 그렇다면, 한 달에는 거의 백 권의 책을 읽죠."

초등학교 들어가기 전에 동네 동갑내기 친구 남자애도 유명한 책벌레였다. 어디를 가나 아는 게 많았다. 어려서 그랬는지 걔가 말하는 모든 게 얄미워 보였다. 그러나 지금 생각해 보면 나는 어린 시절 뛰어 놀고 잠자리 잡으러 다녔던 추억이 있겠지만, 그 친구는 세상을 살아가는 지혜를 빨리 터득했던 것 아닐까? 책을 읽는 방법이라는 것은 딱히 정해져 있다고 생각하지 않는다. 자신만의 방법으로 자신에게 적합한 것을 찾아가는 것 그것이 진정한 답이라 생각한다. 책이란 억지로 읽는 것이 아니라 진정 즐거움을 느낄 때 읽어야 한다고 생각한다. 어린 시절 엄마가 매일같이 하시던 소리, "책 좀 읽어라." 그런데 왜 그리도 읽기 싫었던 걸까? 지금은 그런 소리도 안 하시니 매주 주말마다 도서관 데려다 달라고 조른다. 믿거나 말거나, 공부하지 말라고 하면 더 한다고 하지 않는가? 나도 과거에 옆에서 책에 대한 강요를 받을 때보다 내가 필요성을 느끼고, 읽고 싶은 지금은 여유가 생기면 도서관부터 찾아간다. 그리고 요번 겨울이 아닌, 지금! 나도 책벌레가 되어야겠다!

23

전방위적 책읽기의 즐거움
—체계적으로 잡학다식해지기

안민용

언젠가부터 책읽기는 지적 즐거움을 추구하는 취미가 아닌 전문적이고도 잡학다식한 지식(정보)을 요구하는 지적 노동의 강요와 압박이 되고 있다. 서점 진열대에는 책의 알짜배기만 간추리는 비법을 알려 주는 책부터 읽지 않은 책에 대해 이야기하는 방법을 알려 주는 책까지 '효율성'을 강조하는 책들이 가득하다. 자, 그렇다면 이 만만찮은 책읽기의 지적 노동을 지적 즐거움으로 바꿀 수 있는 방법은 어떤 것이 있을까.

• 자신의 관심도를 체크하자 •

사람들은 자신이 흥미를 가지고 있는 분야의 책에 관심을 갖고 그러한 책을 재미있게 읽는다. 그것은 반대로 흥미 없는 분야에는 관심이 없다는 의미이기도 한데, 이 경우 강요에 의한 책읽기는 '맛없고 양 많은 음식 먹는 괴로움'에 지나지 않는다. 그래서 첫번째 해야 할

000 총류	100 철학	200 종교	300 사회과학	400 순수과학	500 기술과학	600 예술	700 언어	800 문학	900 역사

일이 자신의 흥미를 파악하는 일이다.

우리가 관심을 가질 수 있는 학문(분야)은 무궁무진하다. 그래서 한국십진분류법(KDC)으로 학문의 범위를 크게 잡아 보았다. 십진분류법은 학문을 열 개의 강과 그 하위에 열 개씩의 목으로 나누어 크게 백 개의 학문을 나눈다. 십진분류법에 대해 이해가 잘 되지 않거나 사회과학(300), 순수과학(400) 등의 구분이 쉽지 않다면 인근 도서관에 가보자. 국내 도서관은 주로 KDC로 분류하고 있다.

필자의 취향을 반영한 위의 표를 살펴보면 예술분야와 사회과학에 철학과 언어, 역사는 관심을 갖고 있는 분야이다. 한편 순수과학이나 기술과학 부문에는 큰 관심이 없다(총류는 학문이라기보다 '총서' 류의 형태에 가깝다). 물론 관심이 있다고 표시한 예술분야에도 건축, 조각, 서예, 회화, 사진, 음악, 연극 등으로 다양하게 나누어져 있어 이 표만으로는 세분화된 관심을 나타내지 못한다. 하지만 세분화 과정부터 시작하기보다는 학문분야에 대한 체계를 잡는 것이 더 중요하다. 대형서점이나 도서관을 찾아가는 것이 이를 파악하는데 가장 좋고 KDC가 기반이 된 온라인 서점 서치를 통해 '머물러야 하는 곳'이 아닌 '머무르고 싶은 곳'을 골라 보자.

고등학교 시절, 선생님 말씀이다. 잘하는 부분을 더욱 탄탄하게, 모자란 부분을 끌어올리기. 하지만 이는 공부뿐 아니라 일상다반사에 적용되는 말이다. 다시 한번 표를 통해 세부적인 내용에 대해 살펴보자.

표에서 볼 때 필자가 관심을 갖고 있는 음악은 꾸준히 지식을 보강하는 것으로 방향을 잡는다. 그리고 이 정도 관심이 있다면 좋은 책(다시 말하면 도움이 되는 책과 도움이 되지 않는 책)을 구분할 정도는 된다고 보는데, 여기서 좋은 책이란 베스트셀러나 주변에서 추천하는 책이 아닌 스스로 보고 좋은 내용이라고 판단하고 믿을 수 있는 내용이다. 지식에 대한 체계가 잡힌 이후에는 좋은 책을, 신속하고 지속적으로 보충해 주는 것이 좋다. 서평이나 서점(온라인, 오프라인) 등을 돌면서 어떤 책이 나왔는지 판단하고 그 지식을 지속적으로 업데이트하는 것이다. 사람들은 책이 너무 많이 나오고 책에도 유행이란 것이 있다고 말하지만, 베스트셀러가 아니라 해도 각 분야에서 꾸준히 인정받는 책이 있다. 이를테면 지난해 읽었던 좋은 책이 아직까지 해당 분야에서 좋은 책으로 손꼽힐 경우도 있다는 것이다. 다만, 이렇게 지속적으로 제공되는 정보를 빨리 받아들이고 분석하는 능력도 중요하다는 것이다.

하지만 문제는, 흥미 없는 부분이다. 가뜩이나 관심도 없는데 책은 왜 그렇게 많은지, 어떤 걸 읽어야 할지부터 쉽지 않다. 그럴 때는 '입소문' (글소문)난 책을 고르는 것이 좋다. 여기서 가장 경계해야 할 것은 베스트셀러에 대한 맹신이다. 베스트셀러는 그 시기 많이 '판매'된 책일 뿐이다. 물론 내용이 좋아 많이 판매되는 책도 있지만 언제나 그렇듯 '질과 양의 상관관계'란 알 수 없다. 그래서 베스트셀러도 뒤적거려 보고, 서평도 찾아보고, 지은이나 번역자의 약력도 꼼꼼하게 살펴보는 것이 중요하다. 이런 습관이 지속되면 좋은 책을 찾을 수 있는 눈이 생긴다. 흥미 없는 분야이니만큼 재미있는 책을 고르는 것도 관건. 최근에는 온라인 서점들이 많아져서, 아이쇼핑의 폭도 넓어졌다. 클릭만 하면 해당 분야의 스테디셀러부터 독자들의 서평까지 길게 이어진다. 하릴없이 인터넷을 하는 것보다 인터넷 서점을 서핑하는 게 재미있을 때도 있다.

한편 총류를 활용하는 것은 '잘하는 부분을 더욱 탄탄하게, 모자란 부분을 끌어올리기'의 실천방법이다. 총서는 큰 범주에서부터 세분화된 범주까지 다양하게 다루고 있어 자신이 흥미를 가지고 있는 내용을 바로 찾을 수 있고 또 모르는 학문에 대해 흥미를 느낄 수 있는 길잡이 역할이 되기도 한다.

최재천 박사는 "알면 사랑한다"고 했다. 필자가 물리학이나 화학을 사랑할 정도로 알게 될 리는 만무하지만 '상대성 이론'을 알게 되면서 어렴풋이 깨달은 매트릭스의 이론이나, '해부학'을 알게 되면서 사람에게 관심을 가지게 된 것이나, 모두 책을 통한 지식이 배가 되었기 때문이다. 지식은 단편적이지 않다. 소위 '눈덩이 이론'이라는 것이 있다. 눈덩이는 어느 정도가 될 때까지는 그 크기도 작고 위력도 크지 않다. 하지만 일정 크기(굴러갈 수 있는 정도)가 되면 가속도가 더해져 그 위력이 어마어마해진다. 지식 역시 마찬가지다. 지금은 단편적인 지식에 불과하더라도, 그것들이 이어지면 큰 지식이 된다. 어느새, 나도 모르게, 이 지식들을 연결할 수 있는 때가 오면 당신은 그동안의 독서를 자랑스럽게 여길 수 있을 것이다.

24

지글지글 보글보글, 맛있는 책 레시피

이선영

수적천석(水滴穿石)! 떨어지는 물방울이 돌을 뚫는 것처럼 자신이 성취하고 싶은 일에는 반드시 끈기 있는 노력이 따라야 한다. 많은 사람들이 알고 있는 영원불변의 법칙이다.

책읽기에는 바로 이 수적천석이 필요하다. 조선 중기의 시인, 김득신이 수적천석을 실행한 대표인물이다. 그는 신통한 태몽을 꾸고 태어났음에도 불구하고 머리가 너무 나빠 열 살이 돼서야 글을 배우기 시작했고 노둔함으로 종종 주위사람의 웃음을 샀다. 하지만 그는 아버지의 격려 속에서 끊임없이 책을 읽었다. 어느 성도로 읽었냐 하면 「백이전」을 11만 3천 번을 읽은 것이다. 「백이전」뿐만이 아니다. 36편의 글을 만 번 이상 읽은 것이다. 또한 자기가 좋아하던 시는 마치 자신이 지은 것으로 착각할 정도로 외우고 또 외웠다. 그는 비록 남들보다 많이 부족했지만 끊임없는 노력으로 마침내 시인의 길을 열었다. 책읽기에는 얼마나 많은 양의 책을 읽었는지는 크게 중요하지 않다. 중요한 것은 책을 어떻게 제대로 읽었냐는 것이다. 물론 책을 제대로 읽기 위해서는 노력이 필요하고, 여기서 김득신의 노력을 높이 사고 싶다.

하지만, 단순히 노력을 해야 한다는 말은 너무 막연하다. 그러니 책을 읽는 방법에 대해 좀더 구체적으로 알아보자. 책을 제대로 읽으려면 책 선정부터 책을 읽은 후까지 정확한 독서법을 알고 있을 필요가 있다. 물론 어디에도 100% 정확한 독서법은 없다. 괴테도 독서하는 방법을 배우기 위해 80년의 세월을 바쳤어도 그것을 다 배우지 못했다고 말했다. 그렇다고 너무 어렵게 생각하지 말고 많은 시간과 많은 책을 거치며 자신만의 방법을 찾아가도록 하자.

나는 책을 읽는 과정을 하나의 요리로 생각한다. 신선한 재료와 올바른 요리법과 정성만 있다면 맛있는 음식이 탄생한다. 그럼 우리도 이제 책으로 요리를 한번 해보자.

먼저, 요리를 하는 데에는 목적이 있다. 일상적으로 끼니를 때우는 것은 기본이고, 생일을 축하하기 위해 또는 손님을 초대하기 위해 그때그때 상황에 맞는 상을 차리게 된다. 책도 마찬가지이다. 책을 고르기 전에 일단 책을 읽는 목적부터 세워야 한다. 어떤 음식을 또 왜 요리할지 정하기도 전에 재료부터 구입하는 것은 누가 봐도 이해하기 힘들지 않은가? 책을 읽는 목적에는 정보를 얻는 것부터 정서적 안정을 찾기 위함까지 다양하다. 그런데 보통 어떤 특정한 목적도 없이 주위 사람들의 추천이나 베스트셀러 목록에 올라온 책을 골라 읽는 경우가 많다. 이런 경우에는 아무리 감명을 받아도 그 감명은 오래 지속되지 못한다. 이렇게 분명한 목적 없이 책을 읽는다는 것은 뜬구름처럼 아무런 의미가 없다. 그렇기 때문에 소소한 목적이라도 세운 후에 읽는 것이 책읽기에 더 도움이 된다. 우리는 여기서 책읽기의 달인의 길로 들어온 것을 기념하기 위한 요리를 해 보자.

이제 요리할 음식이 정해졌으면 무엇을 할까? 그렇다. 바로 재료를 준비해야 한다. 맛있는 요리를 하기 위해서는 그 요리에 필요한 신선하고 좋은 재료를 고르는 것이 중요하다. 책을 고를 때에도 물론 마찬가지이다. 읽을 목적이 정해졌으니 이제 책을 고를 텐데, 목적에 맞으면서 자기수준에 맞는 책을 골라야 한다. 그런데 좀더 수준 있어 보이고 소위 뭔가 있어 보이는 책을 읽고 싶은 욕심에 자신에게 어려운 책을 고른다면 분명 얼마 못가 한숨과 함께 책장을 덮게 될 것이다. 또한 이권우 독서평론가가 굳이『삼국지』를 읽지 않아도 된다고 말한 것처럼 수준이 안 된다면 남들이 많이 읽었다고 해서 억지로 어려운 책을 읽지 않아도 된다. 튀겨 먹어도 맛있고 조림으로 먹어도 맛있는 고등어를 놔 두고 괜히 복어로 요리하려고 애쓰지 않아도 된다는 말이다. 복어의 독을 맛보고 싶지 않나면……. 복어요리는 정확한 요리법을 배워 자격증까지 딴 다음에 요리해도 늦지 않다. 물론 책을 읽기도 전에 책의 수준을 정확히 알 수는 없지만, 책의 표지와 지은이의 서평, 목차를 충분히 살펴본 뒤에 결정해야 한다. 조금 읽다가 자신과 맞지 않으면 바로 다른 책으로 넘어가면 되기 때문에 부담 없이 골라도 된다.

자, 이제 신선한 재료들도 준비되었다. 하지만, 아직 본격적인 요리를 시작할 단계는 아니다. 왜? 요리하기 전 요리사의 모습을 점검하는 것과 필요한 주방기구를 준비를 하는 것 또한 상당히 중요하기 때문이다. 위생 상태를 위해 앞치마와 두건을 두르고 손을 깨끗이 하는 등 말이다. 준비된 모습으로 요리를 시작해야 요리에 더 집중할 수 있지 않을까? 그렇다. 책을 읽을 때에도 자세가 중요하다. 그리 대단한 준비는 아니지만 책에 빠질 준비가 되어 있어야 한다. 책에 집중하지 못하고 다른 곳에 정신이 팔리면 책을 읽는 의미가 없다. 성리학자 주희는 책을 읽기 전에 반드시 책상을 잘 정돈하고, 마음가짐을 깨끗하고 단정하게 하고, 책을 가져다가 가지런히 놓고는 몸을 바른 자세로 책을 대하였다고 한다. 물론 집중을 하기 위해 음악을 듣는 사람이 있고, 귀마개를 하는 사람이 있듯이 사람마다 집중할 수 있는 환경이 다 다르다. 그러므로 책에 집중할 수 있는 자신만의 자세와 환경을 갖추고 책을 읽을 준비를 하자. 당신은 지금 어떤 자세로 이 글을 읽고 있는가?

　이젠 정말 본격적으로 요리를 시작해 볼까? 같은 요리라도 어떤 사람이, 어떻게 요리하느냐에 따라 그 맛은 천차만별이다. 요리는 레시피(recipe)에 따라 불의 온도와 시간 등을 잘 조절하면서 해야 한다. 너무 성급하게 요리를 했다간 실패하기 마련이다. 차근차근 하나씩 해나가자. 책도 또한 성급하게 읽어 나가서는 안 된다. 고등학교 때 대학입시를 준비하면서 언어영역에서 속독을 중요하게 여겼다. 중요한 것들만 짚어 가면서 빠르게 읽어 나가는 것이다. 하지만, 이 방법은 책읽기를 할 때 좋은 방법이 아니다. 우리는 책을 읽기 시작하면서 새로운 세계로 들어가게 된다. 이때 속도를 높여 눈으로만 줄줄 읽는다면 씹지 않고 식사하는 꼴이 되고 만다. 다 읽은 후에도 드라마를 볼 때처럼 분명 몇몇 명장면들만 기억날 것이다. 이렇게 되면 아무리 책을 많이 읽어 봤자 별 소용이 없다. 우리는 책을 통해 다양한 경험을 할 수 있는데 이 값진 경험을 무의미하게 만들기에는 책을 읽은 시간이 아깝다. 그러므로 책 속에서 좀더 넓고 다양한 세상을 만나고 싶다면 책을 드라마를 찍는 카메라의 눈이 아닌 대본을 작성하는 작가의 눈으로 읽어야 한다. 그래서 읽는 도중에 이해가 안 가는 부분이 있으면 얼렁뚱땅 넘기지 말고 글쓴이의 의도도 하나하나 파악해 가며 읽어야 한다. 요리하는 중 레시피의 요리 전문용어를 이해하지 못하면 요리를 진행할 수 없는 것처럼 말이다.

그리고 요리 도중에는 부엌이 얼마든지 지저분해도 괜찮다. 정리는 다 끝나고 해도 상관없으니 맛있는 음식을 만들고 싶다면 요리에만 집중하는 것이 좋다. 마찬가지로 책을 읽을 때에도 책이 깨끗해서는 안 된다. 책 곳곳에 자기생각을 적으며 글쓴이와 대화하며 읽어야 한다. 옛날부터 유명한 책벌레들의 공통점이 있다. 처칠 총리도 정치인 벤저민 프랭클린도 정조대왕도 모두 글쓴이의 생각에 귀 기울이고 책을 읽는 중간중간 자신의 생각을 자유롭게 적었다. 그러면 후에 그 메모들이 삶 속에서 참신한 아이디어가 되어 그들을 더욱 성장시켰다. 나는 이 방법을 『우리들의 행복한 시간』이라는 책에서 처음으로 활용해 봤다. 처음에는 귀찮고 책이 지저분해져서 싫

뉴미디어 시대의 책읽기

타자기는 출시되자마자 글쓰기를 혁명적으로 바꾸어 놓았다. 기관차를 저만치 따돌릴 정도로. 저비용으로도 정보 복사와 전달이 가능한 디지털 뉴미디어는 무서운 속도로 올드미디어 종이책의 뒤를 추격하고 있다. '전자책'을 대표로 하는 뉴미디어가 종이책을 따라잡게 되는 것은 언제일까? 또 그때가 되면 우리의 '책읽기'는 어떻게 변하게 되는 것일까? 왼쪽 그림은 1920년대의 타자기 광고 포스터, 오른쪽 그림은 최근 아마존에서 출시한 전자책 리더기 킨들DX. 종이책과 거의 유사한 형태로 1500여 권 분량의 책을 저장할 수 있다.

었는데 읽으면 읽을수록 작가, 그리고 주인공 유정과 윤수와 더욱 깊은 대화를 할 수 있었다. 평소처럼 메모 없이 읽었더라면 내 생각만 하느라 '슬펐겠다' 라고 생각했을 유정과 윤수의 상처가 '나도 슬프다' 라고 가슴으로 젖어들어 왔다. 책을 깊이 읽으면 읽을수록 생각의 폭도 넓어지고 더욱 성장할 수 있다. 부모님이나 선생님의 훈계처럼 직접 겪지 않고 깨달음을 주는 것이 책 말고 또 무엇이 있을까? 내 생각에는 없다. 그렇기 때문에 어느 누구의 훈계보다 더 달기도 하고 쓰기도 한 책이 알려 주는 삶의 진리는 더욱 소중한 것이다. 이렇게 책을 읽어 나가면 나갈수록 지글지글 보글보글 맛있는 냄새가 풍기기 시작하면서 요리가 완성된다.

드디어 음식이 완성됐으니 이제 상을 차리고 맛있게 먹을 일만 남았다. 그리고 나서 맛있게 먹었으면 결과에 대한 평가 또한 중요하다. 요리노트를 하나 만들어서 맛은 어땠고, 다음엔 어떻게 요리할 건지를 꼼꼼히 기록하는 것이다. 이제 우리가 책을 읽고 무엇을 해야 하는지 눈치 챘을 것이다. 그렇다. 바로 독후감이다. 조금 우스운 얘기일수도 있겠지만 어렸을 때, 나는 독후감이 학교 과제로만 하는 건 줄 알았다. 많이 써 보지도 않아서 독후감 쓰기가 부담스러웠다. 하지만 독후감은 효과적인 책읽기 방법의 중요한 최종단계이다. 독후감을 쓰게 되면 다른 요소들을 제외하고 나와 글쓴이가 대화할 수 있게 된다. 독후감을 쓰는 동안만큼은 내가 주인공이 되어서 글쓴이에게 하고 싶은 질문들을 던져 본다. 그리고 책을 읽으며 해왔던 메모들을 자신만의 방법으로 정리하고 그것을 토대로 나름대로의 해석을 하며 조리 있게 비판도 해본다. 일기로 쓰든 편지로 쓰든 형식은 상관이 없다. 또한 작가를 직접 만나 대화하면 좋겠지만 같은 책을 읽은 사람과 토론해 보는 것도 좋은 방법이다. 같은 책이라도 어떤 사람에게는 쓰디쓴 약 같은 책이 되고, 어떤 사람에게는 달콤한 케이크 같은 책이 될 수도 있기 때문이다.

처음으로 해보는 요리는 레시피에 따라 불의 온도, 시간 등을 잘 조절해 가면서 해야 한다. 하지만, 여러 번 그 요리를 하면서 더 맛있게 하는 법을 스스로 터득하고 또 그 방법을 다른 요리에 적용할 수 있다. 이와 같이 책도 읽는 방법이 있고 훈련을 통해 그 방법을 자신만의 방법으로 몸에 배게 해야 한다. 그러므로 책을 올바른 방법으로 많이 읽는 것은 물론이거니와 한 번 읽었던 책은 묵혀 두지 말고 꼭 나중에 다시 한번 읽어 보자. 첫번째 읽을 때보다 두번째 읽을 때 더 많은 것을 볼 수 있을 것이다. 책을 읽으면서 얻었던 지식을 잊어버릴 수도 있는데, 한 번 더 읽으면서, 알았지만 잊고 지냈던 지식과 몰랐던 지식을 동시에 챙길 수 있다. 처음 읽었을 때 놓쳤던 부분들을 마치 보물찾기 하듯 하나하나 찾아낼 때 그 즐거움은 발견한 자만이 느낄 수 있을 것이다.

제대로 된 책읽기를 하려면 책 선정부터 다 읽은 후 독후감 쓰기까지 많은 노력을 해야 한다. 가장 중요한 것은 자신에게 맞는 독서법을 찾는 것이다. 책 읽는 것에 너무 부담 갖지 말고 즐겁게 책을 요리해 보자. 대표적인 독서법의 레시피들은 이미 많이 나와 있다. 이런 저런 방법들을 활용하면서 나만의 독서법을 찾아가야 한다. 나도 『책읽기의 달인, 호모 부커스』의 도움을 받아 이제 겨우 책읽기의 달인의 길에 한발 한발 내딛고 있는 중이다. 독서는 감기약처럼 바로바로 효과를 보여 주지 않는다. 인내심을 갖고 한권 한권의 책을 읽으면서 효과적인 독서법을 실천하며 기다려야 한다. 이것이 쌓이고 쌓이면 내 눈에서 그 효과가 빛을 발할 날이 올 것이다. 그러니 책이 전해 주는 많은 지식들을 하나씩 발견하는 즐거움을 만끽하며 기다려 보자. 나도 이제 시작하는 단계인 만큼 어디서든 쉽게 할 수 없는 '세계를 탐험하고 신대륙을 탐험하고 미개지를 개척하는 것과 같은' 독서의 세계로 천천히 차근차근 나아갈 것이다. 나와 함께 이 탐험을 할 사람들이 많았으면 좋겠고, 여기저기서 책 읽는 맛있는 냄새가 풍기길 바라본다.

지은이 소개

강양구 『프레시안』 과학·환경 담당 기자. 부안 사태, 경부고속철도 천성산 터널 반대 운동, 황우석 사태 등을 취재했다. 『아톰의 시대에서 코난의 시대로』, 『세 바퀴로 가는 과학자전거』, 『침묵과 열광』 등의 책을 냈다.

고종석 1959년 서울 생. 『한겨레신문』 기자, 『한국일보』 논설위원 역임. 현재 도서출판 개마고원 객원기획위원 겸 『한국일보』 객원논설위원.

반이정 미술평론가. 『시사IN』, 『한겨레21』, 『씨네21』 등에 미술평론을 연재했고, 교통방송과 교육방송 라디오에서 미술 패널로 고정 출연했다. 서울대, 홍익대, 산업대 등에 출강한다. 쓴 책은 『새빨간 미술의 고백』이 있다. 최근 그의 관심사는 자전거다. dogstylist.com

안광복 1996년부터 중동고등학교 철학교사로 근무 중이다. 서강대 철학과에서 「소크라테스 대화법 연구」로 박사학위를 받았다. 지은 책으로는 『철학, 역사를 만나다』, 『철학의 진리나무』, 『지리시간에 철학하기』 등이 있다.

이권우 책읽기를 업으로 삼고 있는, 그러니 이덕무의 말대로 바보일 수밖에 없는 사람. 그동안 지은 책으로 『죽도록 책만 읽는』, 『책읽기의 달인, 호모 부커스』, 『책과 더불어 배우며 살아가다』, 『각주와 이크의 책읽기』, 『어느 게으름뱅이의 책읽기』 등이 있다. 지금은 안양대학교 강의교수로 읽기와 쓰기를 가르치고 있다.

고경은 시민단체 상근활동가. 나이가 들어가니 책읽기가 더욱 즐겁고 날 자유롭게 만들고 있음을 절절히 인식하며 살아가고 있음.

곽동운 아마추어 에세이스트, 가난뱅이 여행가.

권혜린 힘 닿는 대로 읽고 쓰고 있는 예비 졸업생이다. 인문학회에서 활동 중이다. inmun.cyworld.com

김미림 '그래픽 전문가'가 될 꽃다운 아가씨. 현재는 생각하기와 매일 씨름 중인 디지털미디어디자인과 학생. http://rimss.tistory.com

박은희 전직 논술강사. 현재는 둘째 아이 출산을 기다리며, 세상의 모든 슬픈 자들을 위한 소설 쓰기를 꿈꾸는 문학 지망생.

서재호 오늘은 미래를 위해 한 걸음 더 나아갈 수 있도록 노력하자. 농구를 좋아하는 21세 대학생.

안민용 책과 음악을 좋아하는 월간 『재즈피플』 기자.

염지홍 소셜벤처기업 Passion Design 대표. 창의적 아이디어와 디자인으로 다양한 사회혁신 프로젝트 실험 중! www.passiondesign.co.kr

오다인 하고 싶은 게 많은 경영학도.

오성범 별일 없이 살고 있다. 요즘은 mycahier.com에서 아는 형들과 잡담 중.

원종윤 교육청 도서관 사서. 넘치는 시간 주체 못하고 책 읽는 중.

이선영 1989년 1월 6일, 이성근·방희선의 둘째딸로 출생. 현재 환경공학을 전공하고 있는 평범한 대학생.

이종환 미래의 한문학 박사, 현재 예비 한문교사, 삶의 신조 클리나멘(Clinamen), blog.daum.net/leezaa

이지현 청춘의 낭만을 즐기고 있는 대학생. www.cyworld.com/01089038982

이찬우 환경공학을 전공하는 대학생. 사진과 음악에 관심이 많으며 취미로는 작곡을 하고 있음. www.cyworld.com/01094709436

임진옥 1990년생. 경영학 전공 중인 2학년 여대생.

전윤구 회계사. 책읽기를 넘어 책쓰기를 꿈꾸는 청년. 최근의 관심사는 사랑과 결혼.

정미숙 자연과 여행을 좋아하며, 대안학교에서 아이들을 만나고 있는 교사입니다.

최은희 호모 부커스이자 호모 노마드가 되는 것이 꿈입니다. 아이들과 함께 책을 읽으며 늘 '지금'을 살기 위해 울고 웃습니다.

하은혜 예비승무원, 영어와 스페인어, ♥나의 영원한 supporters 하나님, 부모님, 쩡니와 쪼미 그리고 만득이 =amor♥